パリ二十六景

私の単語帳

久米五郎太

はじめに

私はパリに三回、六年弱住んだ。そこで働き、出張や旅行でも頻繁に訪れた。その時はフランス語をかなり使い、フランスらしい言葉にしばしば遭遇した。

しかし最後のパリ駐在を終えてからそろそろ三十年である。その後も何かと縁があったがコロナの流行でパリが遠くなって四年経つ。時とともに言葉の記憶は薄れパリでの生活や仕事の様々を忘れてきたが、今でも残るものや新たに知ったこともある。さらに時がたち、多くを忘れないうちに、フランスやそこでの生活に結びついた単語をアルファベット毎に一つずつ選び思い浮かぶことを書こう。副題の「私の単語帳」である。

適当な単語を思いつかない時は、今でも使っている黄色い表紙のスタンダール仏和辞典を繰ってみる。１９７４年の増補改訂版、発行は84年、本文１６９８ページである。パリで車を運転していた時代に使っていた道路地図も手元に置いた。

表題はアルファベットの数に合わせて『パリ二十六景』とした。表現の面白さや英語との違いにも触れるが、私なりに興味を持ったフランスの歴史や国のあり方を書き、一部パリ案内もする。最近のフランスについても触れる。体系的ではないが、そこから一つの像が浮かんでこよう。

夏にはパリでオリンピック・パラリンピックが開催される。フランスという国やパリについて興味を持つ人が増えることを願っている。

パリ二十六景――私の単語帳◉目　次

はじめに
Auto-école　オト・エコール（自動車学校）……9
Bois　ボワ（森）……17
Colonie　コロニー（林間・臨海学校）……25
Défilé　デフィレ（パレード）……33
Eglise　エグリーズ（教会）……41
Français　フランセ（フランス語）……49
Gaulle　ゴール（ケルト）……57
Huissier　ユイシエ（取次役）……65
Institut　アンスティチュ（学院）……73
Japon　ジャポン（日本）……81
K-way　カーウェイ（携帯用レインコート）……89
Librairie　リブレリー（本屋）……97

Monde　モンド（世界）……105
Non　ノン（いいえ）……113
Ouverture　ウヴェルチュール（開放）……121
Paris　パリ……129
Paris Bis　パリ・ビス（パリ続き）……137
Quatroze Juillet　カトルズ・ジュイエ（7月14日）……145
Restaurant　レストラン（料理屋）……153
Restaurant Bis　レストラン・ビス（料理屋続き）……161
Sport　スポール（スポーツ）……169
Toussaint　トゥサン（万聖節）……177
Un　アン（一つの）Vin　ヴァン（ワイン）Wagon-lit　ヴァゴン・リ（寝台列車）……185
Yoshiko（ヨシコ）……193
Et d'autres 1（補遺1）Banlieue バンリュー（郊外）／
Normandie ノルマンディー……201

Et d'autres 2（補遺2）Projet プロジェ（投企）／Moraliste モラリスト／
Espérance エスペランス（希望）…… 209
Et d'autres 3（補遺3）France d'aujourd'hui（フランスの今日）…… 217
パリの地図 …… 234
おわりに

※本文扉装画は著者による

Auto-école

オト・エコール（自動車学校）

車（フランス語では一般にヴォワチュール、オトはオトビュス（バス）、オトカール（観光バス）などと使う）を運転して五十年以上になる。

私が運転免許を取ったのはフランスである。日本の教習所ではクランクで早くもつまずき、免許は自動車の国フランスでと考えていた。フランスとドイツは、初めに自動車を考え、実用化した二つの国である。一般に思われているようにフランス車はデザインが独特で、小型が多く、それだけ生活に結びついている。対して、ドイツ車は総じて性能が高く、高級で、頑丈である。１９６０年配給のフランス映画『勝手にしやがれ』では、大型のアメリカ車は珍しく、すぐ盗まれる。

二十五歳の初夏から数ヶ月、銀行のフランス・トレーニーとして、東部のスイスに近いブザンソン――若き小澤征爾氏がそこの指揮コンクールで優勝したところ――で語学研修を受けた。勝手がわかるとすぐに、町内のオト・エコール（auto-école自動車学校）のオフィスに出掛けた。専用のコースがあるわけでない。インストラクターに毎朝少し離れた大学寮まで来てもらい、街中で１時間練習し、大学の前で降りることにした。つまり始めから路上である。

車はフィアット700、左ハンドル、当時だから当然手動ギアであった。少しスピードを出し過ぎても、フランス人の先生は「君はうまい」と褒めてくれる。こうした運転者に合わせた路上レッスンを十回程度受け、最後はオトルート（高速道路）の一区間を走る練習もした。

バックの練習は縦列駐車だけだった。道路脇に止まっている車の真横につけ、ハンドルをいっぱいに切りながら下がり、後ろの窓にはったセロテープが縁石にかかったら切り返す。これだけである。構造は全くやらず、法規は試験の少し前に小さな本を渡され、よく読んでおくように言われた。

テストはたしか7月上旬だった。その後は夏休みで試験がないので、一回で受からねばならない。試験官が指定場所にやってきて、いつものフィアットの助手席に乗り込んできた。まず、前方に止まっている車のナンバー・プレートを読めという。だいぶ離れていてよく見えない。とっさにフランスに来て日も浅く、見えてはいるが、数字をフランス語で言えないとたどたどしく答える。

まあいいかと、次は図を見せられ、信号のない交差点で出会った二台の車のどちらが優先かなどを聞かれる。フランスには「プリオリテ」という独特の標識があるが、その程度なら答えられる。フランスは国際交通標識に関してリーダー格、日本も原則それを使っているので標識は問題ない。

それから路上走行。ほぼいつもの練習コースを走る。最後の縦列駐車もテープのおかげでうまくいった。しばらく経って大きなピンク色の三枚折りの写真付き運転免許証を入手した。1970年8月1日発行で有効期限はペルマナント（永久）と書いてある。

早速、中古のVWビートルズを買い、ブザンソンで、そして秋からはパリに出て九か月の間よく運転した。初めのうちは車幅の感覚がわからず、スーパーの駐車スペースにうまく止められず、運転技術もまだ未熟で坂での横転、高速道路の入り口で軽く追突されたこともある。夜の高速道路で大型トラックに追い抜かれる時には怖い思いをした。自分で運転したのは限られているが、西ドイツ・スイス・スペイン・ベルギーを車で走り、欧州の広がりを体感した。

帰国後は、日本の運転免許証を入手し、その後二回パリに駐在した時もこのピンク色の免許証を財布に入れていた（日本では日本の免許証に交換するのがルールだが、当時はそう言われなかった)。

最後の駐在の時は、普段は大きなベンツに乗ってパリ市内を通勤し、重要な来客の場合は外から運転手を頼んだが、プライベートではOECDへの出向を終え帰国するNさんから譲り受けた小型のルノー・サンクをよく運転した。

数年前に南フランスで会った当時の秘書は、フランスの制度はその後変わったが、あの運転免許証は今でも使えますよという。同じ年生まれの彼女も実際にそうしている由。引き出しの奥から探し出すと、若い頃の眼鏡をかけ、背広にネクタイをした写真が貼ってある。十トン以下、乗員者数が十人以下の車を運転してよいとある。

*

フランスのように五十年前以上に交付した免許証を認める国では、一度取るとその人は運転を継続し、運転技術は向上・維持されているとみているようだ。メガネ着用も自己責任で視力検査をしないのだろう。ただ、最近はフランスでも医者のチェックを受けての更新制度が検討されているらしい。

若い頃はBの標識をつけた車には気を付けろと言われた。ベルギーには1960年頃まで試験制度がなく、誰でも運転でき、技術は低かった。しかし、今では欧州連合全体で免許制度の統一化が図られ、クレジットカードと一体型の免許証が使われているようだ。

日本ではこれまで五年（最近は三年）ごとに写真をとり、視力検査や教習所内を走り、ゴールド免許を更新してきている。高齢者の運転技術低下に対応すべく、最近は更新時に認知症や実技能力のチェックが加えられた。ある年齢以上の年寄りは免許証を返上すべきとも言われる。しかし五十年以上も運転してき、歩行能力がこれから低下する人にそれをやめろというのはいささか酷ではないか。本人の自立意識をも損なう。老人には事故防止機能が高い車に乗るように強く誘導し、事故が起きやすい駐車場や路上での練習をさせたらどうだろうか。

パリ自動車ショーは南西のポルト・ド・ヴェルサイユの博覧会場で開かれる。最終日は終了の鐘がなると同時に、各ブースでスタッフがシャンパンを注ぐ。随分前になるが、訪れた時は会場や地下鉄の駅に「自動車を持つ夢」というポスターがあった。移民の労働者が国営のルノーの自動車工場で働く、フランスらしい夢である。

次回のショーは今年の10月に開催される。２０２３年のフランス国内での乗用車販売数は177万台、このうち4分の1は電気自動車（EV）となっている。

Bois

Bois
16e Arrt
RUE
BOIS LE VENT
LIEU-DIT DU VILLAGE DE PASSY
G. K.

ボワ（森）

パリの西、ブローニュの森（ボア）の近くに三度住んだ。フランス語ではより大きい森林をフォレというようだが、住宅地に隣接したこの森ですら、ロンドンのハイドパークの二・五倍あるときく。池や競馬場、フレンチオープンをやるローラン・ギャロスのテニスコート、動物園、バラ園もある。そこを含むのは十六区。十九世紀末から二十世紀前半に開発が進んだ、各種の商店もある中級から高級な住宅地である。１９１３年から29年にかけて刊行されたプルーストの『失われた時を求めて』にも登場する。

初めは１９７０年から71年の、独身でトレーニーの時代。レイモン・ポワンカレ通りのオフィスに歩いていけるようにフォッシュ（昔はアンペラトリス）大通りの邸宅の離れ（ストュディオ）を借りたが、寒い冬の時期には森に足が向かなかった。

78年から80年にはリュー・ボワ・ル・ヴァンRue Bois Le Vent（森の風通り）に住んだ。パッシー通りを一本入ったところの比較的新しいアパルトマンであった。前の広い歩道にはマロニエが葉影を落とす。すぐ近くに屋根付き市場もあったが、普段の買い物は街の店屋やスーパー・イノで行っていた。朝は裏の郵便局で働く人が7時ごろから出勤する。

最寄りの駅はラ・ミュエット。オフィスまでは地下鉄に乗り、五駅目のフランクラン・ルーズベルトで乗り換え、あと二駅のコンコルドでおりる。三十分弱である。中古車売買新聞（アルギュス）で買った群青色の中古車（中型シトロエンGS）を持っていたが、普段の通勤は地下鉄を使うことが多かった。

自宅の地下駐車場は、出し入れの度に車をエレベーターに乗せ、バックや切り返しなどかなりの技術と時間を要する。シトロエン車は油圧式サスペンションのため、駐車すると車体が下がり、時に道路の縁石に扉が引っかかる。それでも普段は路上の空きを探したが、ないときは有料の街の地下駐車場だ。この車で空港・パリ市内で出張者を送迎・案内し、家族を乗せ、南仏やブルターニュにバカンスにも行った。幸い事故は起こさなかった。初めは嫌がっていた妻もそのうちにこの車でエトワール広場を回って、サル・プレイエルでピアノを習う娘を送迎した。

＊

ラ・ミュエットの交差点から西に少し歩くと、大きなカフェ・レストランが二軒並び、その先は森の手前のラヌラグ公園である。小さな子供専用のスペースがあり、お母さんやお手伝いさんが砂場の子供たちを見守っている。少し離れたところで見守るのが、いかにもフランスらしい。

初めの年は、学校が始まる秋までの数ヶ月間、妻は娘たちをよくここに連れて行き、毎日数時間あずかってもらった。買い物の間だけ見てもらうこともできた。娘たちが小馬に乗り、ギニョール（人形劇）を見、長女が自転車の練習をしたのもこの辺りである。森には週末に時たま車で行って、折り畳み椅子を出し、ピクニックをした。

公園と森の間には立派なアパルトマン群が並び、一角にクロード・モネの睡蓮の大きな絵を飾るマルモッタン美術館がある。右隣にはシャトー（城）があり、OECD本部がそこにある。各種会議が行われる新しい建物は事務的で風情が全くなかったが、閣僚会議などが開かれる本部の建物は歴史もあり（ルイ十六世とマリー・アントワネットが新婚時に住んだ）、内装も豪華である。かつては王族の狩の宿、1920年にロスチャイルド（ロッチルト）家が保有した館である。

ここに来る時は、出張者を自分の車でオフィスや近くのホテルから送迎し、大使館や会食の場にも一緒に行き、さらに自分自身も会議に出て集中を求められた。

＊

ミュエットの交差点から北東にラ・ポンプ通りを七、八分歩くと娘たちが通った小学校がある。ラ・プロヴィダンス（La Providence神の摂理）という名前の、カトリックの女子小学校であり、幼稚園も併設されていた。ここに78年9月から二年間、娘たちがお世話になった。長女は日本流に言えば小学校一年と二年、同学年にもう一人日本人の女の子がいた。次女は幼稚園の年中と年長。

フランスでは親が学校の送迎をする義務があると聞いていた。朝は出張や会議がなければできるだけ私が、お昼はキャンティーヌ（給食）にし、課外でバレエもとっており、夕方の迎えは妻が担当した。朝は遅れると門が閉まり、ベルを鳴らして開けに来てもらうので、娘たちは肩身が狭い。いつも急ぎ足で学校に向かったが、時に遅れた。冬の朝はまだ暗い。大きな犬を連れて送りに来るフランス人のお母さんと一緒になり、会社に急ぐ時は娘たちをお願いしたこともあった。

93年から95年に駐在したときは、少し北のジョルジュ・マンデル通りに住んだ。1908年に建ったアールデコ様式の立派なアパルトマンだった。森の中にあるロスチャイルド家関連のテニスクラブに入って、初心者同士でやったり、アルジェリア人のコーチについたりした。週末のヨガのクラスはギリシャの音楽がよくかかり、なかなか楽しかった。

馬に乗りたいと思い、森の中の乗馬学校に入ったが、鞭を持つ先生のフランス語がよくわからず、遅れていくと馬も乗り手と一緒になってビビる。全くモノにならなかった。

＊

数年前の年末に娘たちと孫たちとでパリ旅行をし、パッシーからジョルジュ・マンデルまで歩いた。昔住んだ家の前に立ち、改修中の小学校の前を歩いた。冬の雨は冷たかった。センチメンタル・ジャーニーは妻が生きていればもっと色々な話が出たであろう。

Colonie

コロニー（林間・臨海学校）

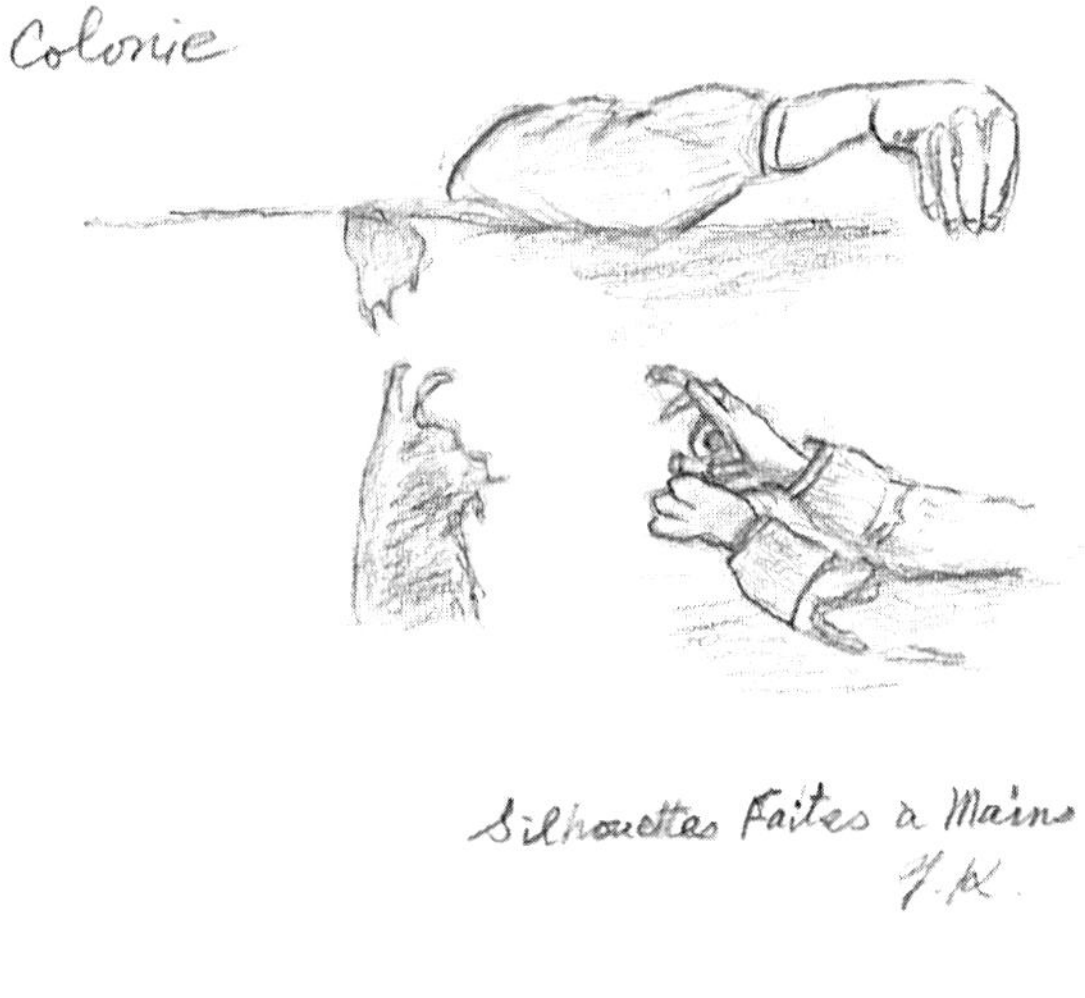

Colonie コロニー　（林間・臨海学校）

フランス語のColonieや英語のColonyは植民地や集団で住む場所を意味する。フランス語では、夏の林間・臨海学校Colonie de vacancesの意味でもよく使われる。私が家族でパリに住んでいた時代には、コロニーの主催は多くは公的な青少年団体で、期間も二週間、四週間も珍しくなかった。日本では普通は通う学校が企画し、小学校だと二、三泊程度なので、それに比べるとずっと長い。

三回あった夏は、二人の娘たちをどこかのコロニーに出していた。幼稚園から小学校の低学年の年頃であった。5月になると妻が日本人会に行き、オフィスの秘書Dさんにも頼んで何枚ものチラシを集め、友人からも聞き、どこにするかを決めた。イスラエルでかつてカトリックの修道院に住み、西アフリカやインドなどの福祉施設で子供たちの面倒を見たこともあるDさんは、妻の良い相談相手になってくれた。

最初の夏は、フランスに来てまだ二、三ヶ月、子供も親も慣れていないし、言葉も不自由である。日本人の子供たちを対象にしたフランス・アルプスのティーニュにした。スキー・リゾートとしても有名な場所である。出発は多分リヨン駅から列車だった。ホームで手を振り、不安そうな子供たちと別れた。二週間後にティーニュまで迎えに行き（鉄道で最寄り駅まで送った自分の車を運転した気がする）、モンブランなどを見てきた。

二週間の間娘たちは何をしていたのか、聞くと日本人の男の子にいじめられたらしい。たまたま同じようにお子さんを迎えにきた、A社のMさんとそこで出会った。妻の大学の同級生、その後ご夫妻を家に呼んだこともあり、私が帰国の際にアパルトマンの後に入ってもらった。私はＩＮＳＥＡＤの二週間の夏季セミナーに参加、毎晩遅くまで課題があり、休みが短かい、いささか疲れた夏であった。

二年目の夏も二人を一緒に送り出した気がするが、よく覚えていない。仔馬に乗るとプログラムに書いてあったが、どうだったのだろうか。今回はフランス人の間に入れたが、滞仏も一年以上たち、長女は言葉もまあできたので、あまり心配はしなかった。家族ではラングドックの地中海クラブ（クラブメッド）La Grande Motteに滞在し、途中トゥルーズで秋から事務所に来る予定の留学生のH君に会い、地中海の浜で一緒に陽を浴びた。

私の方は、当時はＯＥＣＤ、世界銀行などが主催する会議への出席が仕事の一つの柱。国際機関のスタッフはしっかりと長く休むが、日本の本店からは8月でも調査依頼が来るので駐在員は夏も結構忙しい。

三年目の夏は、家族旅行で、地中海クラブのスペイン・マルベラ（マラガの近く）に行ったが、海岸は陽が強すぎ、ほとんどはホテルの敷地内で過ごした。帰国の準備と知人・友人たちとの送別の行事があり、二人を別々のコロニーに送った。同じ年頃の女の子のいる、家畜の多い農家に預けられた次女は、初めは怖がった犬にも慣れ、ベッドで一緒に寝て、毎朝鶏小屋に卵を取りに行かされたようだ。そこで頭にシラミをもらい、帰国後祖母にお酢でシャンプーをして貰った。

１９８０年夏に帰国後、娘たちは地元の公立小学校と幼稚園に入れた。二年半に及ぶ現地の学校や幼稚園での生活の後、日本社会への適応にそれなりに苦労したのだろう。フランスのカルタ－ブル（ランドセル）を背負った長女は「バクさん」と一時からかわれていたが、いつの間にか男の子を尻目に六年の時には生徒会長をやった。成績はよく、走るのも結構早く、水泳もかなり上のクラスに行った。

次女は幼稚園ではしばらくの間、殆ど喋らず心配したが、そのうちに日本語を話し始め、特に本を読むわけではないが、日本語の能力はかなり高い。90年代半ばの私の駐在の時には大学一年を休学して、ソルボンヌに来、その後ブルターニュにも短期留学した。

＊

コロニーは、長い夏休み（学年の合間で二ヶ月）と夜は子供を早く寝かし、親は親同士でつき合うフランスの文化に結びついている。祖父母がいる田舎の家やセカンド・ハウスがない人が利用するという面もある。

日本では、短い夏休みの間にもプールがあり、ピアノなどの稽古ごとをこなし、高学年は中学受験のために夏季講習にも行く。自然と林間・臨海学校の期間は短くなる。ＹＭＣＡ主催のキャンプに娘たちをしばらく出したが、期間は数日と、フランスのものとはだいぶ様子が違った。次女は高校生の時、キャンプのお姉さんのアルバイトもやった。

ニューヨークやロンドンの習慣は知らないが、パリでは自宅のディナーに呼ばれると、食事の前のアペリティフの時間にパジャマを着た子供がナッツなどを持って現れる。少しの間お客さんと会話を交わし、「ボン・ソワール」と寝室に消える。いつもは母親に話をしてもらう子供もこの時はひとりや自分たちだけで寝なければならない。両親が夜外出するときはいつも同じとは限らない若い学生がベビーシッターで来るので不安や緊張もあったであろう。

幼稚園や低学年の二年半ではあったが、娘たちに現地の教育を受けさせ、長めのコロニーに出したり、親がよく外出したことが、どのような影響を与えたのだろうか。自主性や独立心が身につくことを願ったのだが。長女はいつも寂しかったが、地中海クラブの食事の時は家族一緒で楽しかったと言う。かわいそうなことをしたようだ。次女はまだ小さかったので、記憶にないという。

先輩や友人たちと昔話をする機会があった。そのお宅では二度目の駐在直後に小学校高学年の男の子を夏のコロニーに出したとのこと。子どもは大変だったけれど、フランス語が上達し、学校ではやがて自分の年令相応の学年に追いついたそうだ。三年の間、夏は小学生の娘さん二人を同じ田舎の家庭に一か月預けたという話もきいた。

コロニーは親にも子にも印象深く残るフランスの思い出である。

Défilé

デフィレ（パレード）

パリのオフィスは一区、リヴォリ通りから入った中庭に立つ建物にあった。テュイルリー公園のオランジュリー（今はモネの睡蓮の大きな壁画を飾る美術館）に近く、裏はモンタボール通り。その一本北がサントノレ通りで、セーヌ川に近いコメディー・フランセーズ劇場からロワイヤル通り（コンコルド広場とマドレーヌ寺院を結ぶ）まで続く。カフェや様々な商店がある少し庶民的な街並みに、服飾関連のブランドの店も混ざる。

その先が、フランスの誇る数多くのファッション・ブランドの旗艦店が立ち並ぶフォブール・サントノレ通りである。いつも人が多く、エルメスで時たまネクタイやスカーフを選んだが、他はソルド（安売り）の時期にのぞく程度であった。運転手付きの高級車がそれらの店の前に止まり、ブルカを身に付けた女性たちとすれ違うこともあった。その先は英国の大使館があり、大統領官邸やテルヌ広場まで長く続く。

オフィスの一帯には大小様々なホテルがあった。本店から出張予約の連絡がくると、事務所の秘書はいくつかのホテルに電話をし、宿泊の予約をする。春先や秋などは部屋を取るのに苦労し、コレクションの時期なので、とよくこぼしていた。パリ・ファッション・ウィークは年に数回ある。ある時は、別の行事も重なったのだろうが、市内のホテルは全く駄目で、出張者にヴェルサイユに泊まってもらった。

商社に移ってからは、毎年2月下旬から3月上旬に開かれたプロジェクト・ファイナンスの国際セミナー出席やフランス企業訪問のために、数回この辺りに泊まった。ちょうど秋冬のプレタポルテ・コレクションの時期らしく、ファッション関係者が泊まる大きなホテルの入り口には黄の小花をつけた連翹やミモザが飾られ、春を待つ華やぎが伝わってくる。ロビーにはパリコレ特集の新聞や雑誌が置かれていた。

＊

この世界には仕事の上では縁がなかったが、ある年、知り合いの「フィガロ・ジャポン」のKさんから、ファッション・ショー（デフィレ、英語ではランウェイ）の招待状をもらった。大判の洒落たものである。大学生の娘を連れてパコ・ラバンヌのショーに行ってみた。

ルーブル美術館に隣接するカルーゼル凱旋門の地下スペースは、両側の椅子に客が座り、その間をモデルが衣装や宝飾品をつけて歩く。特にアナウンスがあるのではなく、一定の間隔でモデルが次々と歩き、最後は全員が再登場し、デザイナーも出てくる。

かつて内乱を避け、バスク地方からパリに亡命し、素材に金属を使うなど革命的だったというパコ・ラバンヌのその年のテーマが何だったかは覚えていない。見ている人は女性が多いが、男性もいる。こうしたショーがシーズンには市内の様々な会場で催され、美術館や教会を借りて行うこともある。デフィレという言葉は、フランスではバレエのダンサー全員の顔見せや7月14日のシャンゼリゼでの軍隊の行進にも使われる。

ファッションの世界は、人々の注目がデザイナー（クチュリエ）に向かうが、いわゆるお針子やプレス担当など多くの人たちがブランドを支えている。映画を見ると、大きなメゾン（ブランド）の裏方のアトリエでは皆が白い上っ張り（タブリエ）をつけている。

男の私の場合は、背広を買うといってもセルッティの既製服が合ったので、相手は販売員だった。ある時、近くのアトリエでニナ・リッチにいたという男性と話したことがある。販売と創作（制作）、二つの別の世界の人という印象だった。分業が進んだ業界であり、オフィスの裏の界隈には、夕方までに洋服の裾や腹周りを調節してくれるお針子たちがいたはずである。

リヴォリ通りから東北に伸びるカンボン通りには、シャネルの本店がある。朝の大型のゴミ収集車がくると後ろの車は一時待たねばならないような細い一方通行、向かいはリッツ・ホテルの裏口である。このブティックには、妻とバッグを買いに、あるいは来訪者を案内して何度か入った。

ジャン・コクトーはドイツの占領時代のことだろう、リッツ・ホテルに住むココ・シャネルを訪ねた時には、隣の目立たないカスティーユ・ホテルに泊まったらしい。世界的なブランド（メゾン）の本店らしい旗艦ブティックは、シャンゼリゼに近いモンテーニュ大通りやフランソワ一世通りにもある。そちらの方は街がちょっと整いすぎ、道路が広く、敷居が高い。

＊

ファッションの世界はミラノやニューヨーク、ロンドン、香港、東京なども発展しているが、その都はやはりパリであろう。日本のファッション・デザイナーたちはパリを目指し、パリに受け入れられ、そこで活躍をした。

新型コロナにより三年前にパリで亡くなった高田賢三（ケンゾー）。一昨年日本で相次いで逝去した、プリーツを使った三宅一生、蝶の模様を使い、制服も作った森英恵。みんな私より数歳上の世代で、日本的なものとパリの感覚を組み合わせ、成功した。現存では、コムデギャルソンの川久保玲が初期の頃は黒を使い、哲学的であった。今も多くの日本人デザイナーがデフィレをやっている。

どこの世界でも世代が変わっていくが、日本の若いデザイナーたちだけでなく、中国やアラブの人たちもパリのファッション界に熱い眼差しを注いでいるはずである。

Eglise

エグリーズ（教会）

パリに住んでいた頃は教会に時たま行った。

私自身はキリスト教への関心はあるがどちらかというと仏教徒なので、教会にいくのはカトリックの幼稚園・小中高で教育を受けた妻のイニシアティブだった。パリではどこの区でも住む場所の近くに、必ず一つか二つは教会がある。パッシーではノートルダム・ド・グラースが近かった。当時娘たちは現地のカトリックの小学校・幼稚園に通っていたが、子供たちを教会の日曜ミサに連れて行くことはなかった。

子供たちはまだ小さく、言葉がわからなかったこともあるが、駐在員は奥さんを含めて週末も結構忙しい。公教要理を学んだが、洗礼は受けなかったという妻の考えもあったようだ。妻は小学校の時に聖書カルタを作り、キリストの一生を一通り知っていた。宗教画を見た時や、イスラエルに旅行した時は色々教えられた。

娘たちはその後日本でカトリックの中学・高校に行き、イグナチオ教会で神父の話を聞いた。お祈りの時間や宗教合宿もあったようだが、どうも聖書をきちんと読んだようには見えない。

フランスではパック（復活祭）、アサンシオン（昇天祭）、パントコート（聖霊降臨祭）、アソンプシオン（聖母被昇天祭）が春から夏の祝祭日になっており、キリスト教が日々の生活に溶け込んでいる。しかし復活祭の前の灰の水曜日やそれに続く四旬節だからといって何かを小学校でやったり、知らせが来たりすることはなかった。カトリックの伝統が強い国ではあるが、70年代には社会は随分と変わり、娘たちの小学校ではマスール（修道女）は教えていないようだった。

前述したパッシーの教会には、クリスマスイブに牡蠣やウニなどの海の幸（フリュイデメール）やコックオバンを食べた後、家族で歩いてミサに行った。翌年のクリスマス休暇はフランス・アルプスのヴァルモレルで過ごし、休暇村の教会の鐘がなるのを聞いた。

＊

パリにはいろいろな教会があり、名前もエグリーズとは限らない。最も有名で、大きいのはノートルダム大聖堂（カテドラル）である。シテ島に立つ、パリ・カトリック教区の大司教座聖堂である。十二世紀半ばに建て始められ、十四世紀半ばに完成したゴシック様式の教会で、薔薇窓からの光が差し込む巨大な内部空間に身を置くと、落ち着きを得られる。そこで、パイプオルガンが鳴るフォーレのレクイエムを聞いたことがある。

２０１9年4月に工事現場から出火、屋根の部分が大きく焼け、尖塔の一部は焼け落ちた。ノルマンディー地方の樫の木材を使って屋根組を再現する再建工事は当初より遅れているが、今年の12月完成を目処に進んでいる。大聖堂は二つの塔がある正面の景観もいいが、左岸（リーヴ・ゴーシュ）側から、大きなアーチ（アルク・ブータン）のある建物を斜め横から見るのもよい。パリに長く住んだ哲学者の森有正氏がノートルダムを眺めながら、思索をし、自分の体験を経験に深めたのは、その方向からだったであろう。

左岸ではサン・ジェルマン大通りからカルチエ・ラタンに入ったところの、サン・シュルプス教会（パロワース、小管区の教会）が建物も大きく、中にウジェーヌ・ドラクロワの「天使とヤコブの闘い」の壁画がある。噴水のある広場に面し、近くには聖具を売る店がいくつかある。

印象が強かったところをいくつかあげる。オフィスの近くのポーランド系のカトリック教会ノートルダム・ド・ラソンプションは『「学び」を旅する』にも書いたが、東欧がソ連の傘下から離れた後、夜行バスで来たポーランドの若者たちが朝から出入りし、その時代の雰囲気と共に記憶に残っている。サントノレ通りのサン・ロック教会は十七世紀後半のバロック様式の入り口が目立ち、コルネイユやル・ノートルが眠る、芸術家たちの教会といった風がある。クリスマスイブに出かけた時は、聖書をもとにした芝居をやっていた。

地方で思い出すのは、畑の中にそびえ、ステンドグラスが素晴らしいシャルトル大聖堂、海のマリアを祀るオンフルールの木造の聖カトリーナ教会、フジタが晩年に壁画をかいたランスの礼拝堂（シャペル）、ル・コルビジェ設計のロンシャン礼拝堂、いずれも再訪してみたい。フランス王家の墓があるサンドニ大聖堂（バジリック）やフランク王国のクロヴィス王以降、歴代のフランス王が戴冠式を行ったランス大聖堂では王（俗）権と神権の関係に思いが巡る。

＊

教会は基本的には教徒が祈り、集まるためのものであろう。教徒でなく、入り口で十字を切ったり、聖水盤に指を浸したりしない者が入ってもいいのかと思うときもあるが、宗教的な雰囲気を感じる場所、美を感じる場所として訪れることも許されよう。それをきっかけに、なかなか難しいが聖書を、物語でもよい、読むことにもなる。キリスト教の教えや歴史、教会建築について知識を深めればフランスや教会から得るものが増える。

近年はフランスとの繋がりが薄れ、妻も他界し、教会に行く機会が減った。

Français

フランセ（フランス語）

フランス語は大学に入学して始めた。高校では第二外国語としてドイツ語をとったが、ドイツ文化に関心を持てず落ちこぼれたので、大学ではフランス語を選んだというのが実情だった。

大学の教養学部（「駒場」）のクラスは、選択する第二外国語でクラス分けがなされ、フランス語（未修）を第二外国語とする文科Ⅰ／Ⅱ16Dのクラスに入った。担任は英語の多田幸蔵先生、フランス語は寺田透先生。週に何時間あったのか覚えていないが、一学期か半年程度で基礎文法をさっさと終え、後半はバルザックの『赤い宿屋』を読んだ。一ページ読むのに何十回も辞書を引き、動詞の活用も不確かだったが、成績は一応優だった。

そうした授業が面白いわけがなかったが、この先生がポール・ヴァレリーを訳し、道元の『正法眼蔵』を論じることを知った。当時の日本は実存主義の全盛期で、ジャン・ポール・サルトルの作品が次々に出版された。ヌーベルヴァーグの映画も頻繁にきたし、劇団四季がアヌイやジロドゥの翻訳劇をやっていた。フランスの文化や社会に急速に関心が向いた。英語は永川玲二先生がアンガス・ウィルソン『アングロサクソン・アティチュード』を教材にしたが、学生には刺激が少なく、英国や英語への関心は低下した。

*

ヨーロッパはやはりフランスを知らなければならない。経済学部に行く文IIのコースにいたが、近代経済学や統計学はなかなか手強い。卒業後は漠然と海外との関係が深い商社かマスコミあたりと思っており、大学時代は理論より現実の問題を勉強したかった。夏には思い切ってコース変更を決め、専門課程は教養学科フランス分科で国際問題を、フランスやアフリカに重点を置いてやり、文学や思想にも触れようとした。幼年学校からフランス語をやり、米国に短期留学した父には英語をしっかりやる方がいいぞと言われた。

しかし、いざそこに入ると人文文学系の科目が多く、当然ながらフランス語のテキストを大量にかつ正確に読まねばならない。マダム・ポンテの必須のフランス文学は、講義も質疑も提出物も全てフランス語である。ブロック坂井先生も、神父のネラン先生も授業はフランス語だった。同期の仲間は、学士入学で入ってきたOを除き、フランス語の力はそれほど違わなかった。読む力だけでなく聞いて話す力、さらに卒業のためにはフランス語での論文提出が必要であり、書く力も求められた。慌てて日仏学院のモジェのクラスに週二回通い、真面目にフランス語に取り組み、フランス映画をよく見るようにした。しかし、二年の秋から戯曲研究会に入り、四年の春まで日本語であったがチェーホフの『かもめ』やラシーヌの『ミトリダード』を上演した。授業の後に本郷の稽古場に通う日々、授業や語学の勉強に割く時間は最小限しかとれなかった。

そんな中で三年の初めにあった分科長の御大の前田陽一先生の授業は、発音記号を使って正しい発音をさせるもの。日仏学院では動詞の時制・活用をしっかりやらされた。これらはその後役に立った気がする。

結局、コート・ジボワールの近代化—フランスからの独立と農業・工業を二本柱とする経済開発—について、四年の夏休み前から年末にかけ、フランス語で四十枚程度をタイプでうち、卒業した。国会図書館やアジア経済研究所の図書室に通い、限られた数のフランス語文献を読み、論文で使える表現をメモし、使った。日本の近代化との比較というアプローチがよかったのか、幸い高い評価を得た。

*

卒業後入った日本輸出入銀行（輸銀、現在の国際協力銀行）は政策金融機関。日本企業の輸出入・海外投資活動を支援し、開発途上国の経済開発を助けることが役割であった。フランス語圏諸国との関係はあまり深くなかったが、当時は欧州では唯一パリに欧州事務所があり、フランス語要員を育てていた。

四年目の１９７０年にトレイニーとして春からブザンソン大学で語学研修、その後パリの複数の銀行で半年間強の業務研修を受け、時たま事務所に顔を出した。そして78年から80年は欧州駐在員に（途中で次席に）。さらに93年から95年にかけてはパリ首席駐在員（所長）となった。

仕事ではＯＥＣＤや世界銀行主催の会議、英独の諸機関との意見交換など英語を使うことが多く、英語力の強化にかなり苦労をしたが、フランス語は比較的よく聞けた。フランス大蔵省主催のパリクラブでは議長はフランス語を使った。フランスのＤＲＥＥ（経済省対外関係部）、銀行、アルジェリアの政府機関などとはフランス語で会話し、融資関連の交渉や本店からの出張者の通訳をすることもあった。三十歳代前半はエネルギーもあり、個人教授もとっていた。

三度目の駐在では、商工会議所ミッションでフランスの地方を回り、日本のビジネスチャンス「ジャポン・セ・ポシブル」のキャンペーンを行い、フランスや欧州の企業や銀行に輸銀の持つ金融の説明をフランス語や英語で行い、業務拡大に努めた。ＥＵや南欧、フランス語圏アフリカもカバーし、日欧の企業協力の実例を挙げ、可能性の大きいことを説いた。銀行を退職する年に仏検一級をとった。商社に移ってからも外国の企業、特にフランス企業との協力プロジェクトには力を入れた。

最近のフランスでは、ビジネスは英語を使うことが増えているが、フランスの経済人との会話はできるだけフランス語にした。この言葉だと、なぜかビジネスを少し超えたことを話せる。日仏経済交流会（パリクラブ）の会長・会長代行を6年間務め、フランス語での短い挨拶や五つの分野について日仏経済交流150年の報告書も作成した。

2011年3月に東北大震災が発生し、しばらくの間、国際交流活動は低調となった。私自身は役員をしていたNPOプラネット・ファイナンス・ジャパン（本部はパリ）が気仙沼信用金庫などと組んで行った三陸地方の復興支援活動に数年携わった。かつてフランスの牡蠣が病気にかかった時に三陸の生産者に助けられた「お返し」としてのフランスからの漁具などの寄付もこのNPOが関与し、勤め先のエンジニアリング会社はフランス企業と協力し、原子力発電所の汚染水処理などに当たっていた。

NPOの本部からジャック・アタリ会長も来日、フランスから来た大臣や在日の大使、在日のビジネスマンなど多くのフランス人からお見舞いや励ましの声をかけられた。先に述べた報告書でもフランス人のメンバーが参加してくれており、「協力」や「連帯」の必要性、ありがたさを強く感じた時期であった。

学生や若いビジネス・パーソンを念頭に置いた『フランス人の流儀』を企画し、交流会メンバーや大学の先生たちと一緒に執筆し、大修館書店から出版することができた。

考えてみるとこれまでのフランス語はビジネスや経済そして国際関係が中心だった。老後の時間でフランスの小説や哲学を、辞書を引きつつ、できるだけ正確かつ丁寧に読み、楽しめればと思う。何か翻訳するのもいいかもしれない。

Gaulle

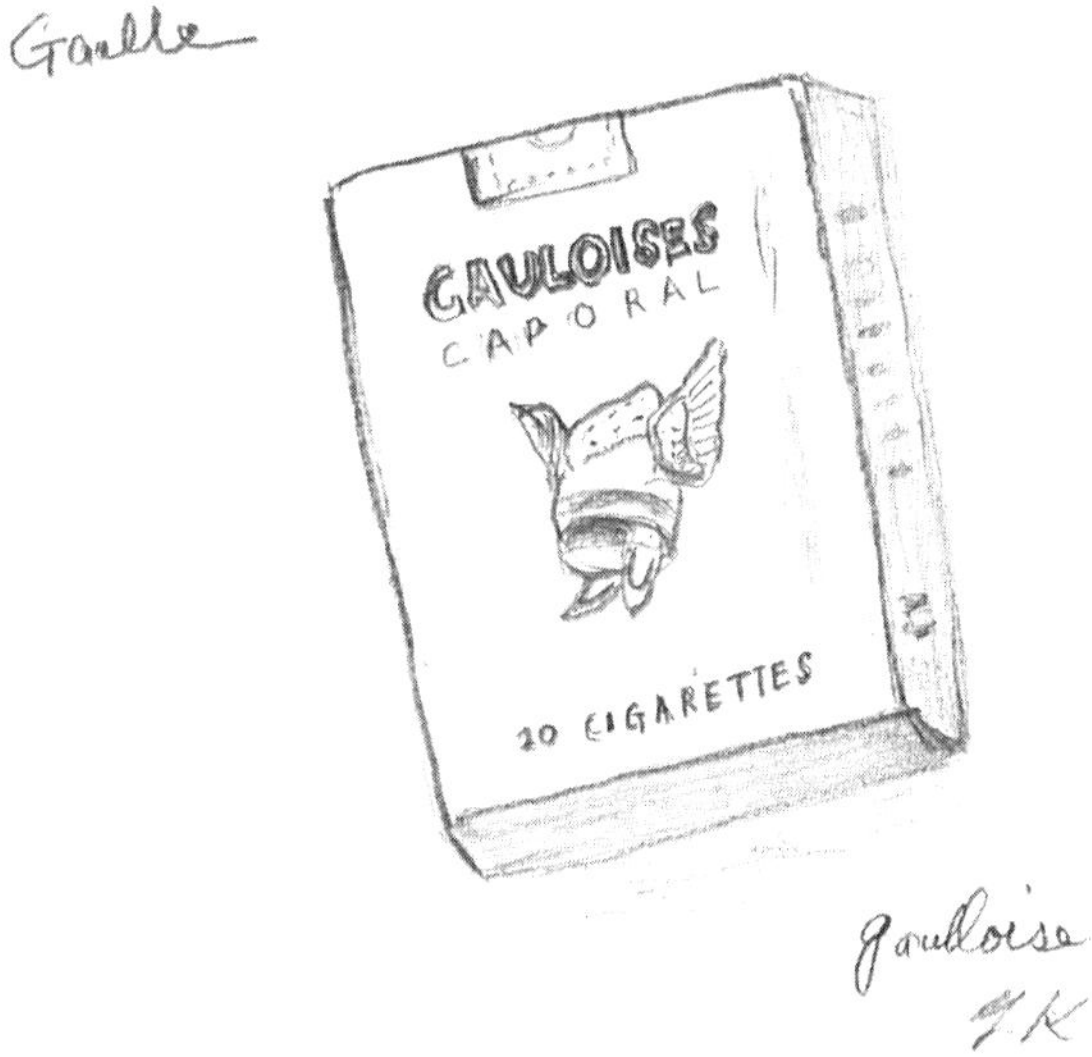

ゴール（ケルト）

パリには実に色々な民族の人がいる。ロンドンも似ているようだが、ユーラシア大陸の西の端にあるパリには、太古からアフリカの人が歩いてきた。

西ヨーロッパの人たちの祖先は誰なのか。最後の氷河期（約4万年前）に、突如として姿を消したネアンデルタール人の後に現れ、フランス南部で骨が見つかったクロマニヨン人だというのが定説である。現代の人類と同じような頭部、脳の容積と骨格を持ったホモ・サピエンスである。近年は遺骨のDNA分析が進み、ネアンデルタール人は絶滅したが、現代人の遺伝子の2％あるいはそれ以上が彼らのものだと言われている。

最初の人類は紀元前6万年ごろにアフリカ東部の地溝帯を出発し、長い旅をして世界に広がった。氷河期の間の時期、そして最後に氷河が溶け始めてから（紀元前1万2千年頃）、ヨーロッパへの移住が活発になった。

経済活動は狩猟・採集から定着農耕へと移り、石器は洗練され、やがて青銅器・鉄器へと発達していく。比較的温暖な北スペインや南フランスに残る動物の岩絵からは、狩猟民たちの生活が窺われる。イギリス・サリスベリーのストーンヘンジやフランス・カルナックのドルメン（ケルト語でテーブル・ストーン）は海路を通ってきた巨石文明が西欧にもあったことを物語る。

ヨーロッパでは、まずギリシア・クレタ島にオリエントから青銅器・鉄器が伝わった。遅れて紀元前八世紀には鉄器をもち、農耕をし、武器をつくり戦をする人たちがドイツに現れ、大陸の西や大ブリテン島、黒海沿岸へと移り住んだ。この人たちがケルト人である。前期の遺跡はオーストリアのハルシュタットで、そして後期の遺跡（紀元前４００−同50年頃）がスイスのラ・テーヌで見つかっている。

こうしてケルト人が最初のヨーロッパの文化と呼ぶべきもの、ゲルマン民族ともスラブ民族とも異なる文化をつくり出した。フランスでは、ドイツとの対立が強まり、三度にわたって戦った十九世紀後半から二十世紀前半に、自分たちはガリア人（ケルト人）の末裔で、ローマ人の血と文明を引き継いでいるとの主張が広まった。また、欧州統合が進展する中で、ヨーロッパ人の共通の先祖をケルト人だとする見方も一般的になっている。

歴史地図を見ると、確かにフランス・ベルギー・オランダ、スイス、西ドイツを中心に、黒海沿岸・バルカン諸国やイベリア半島西部、さらに大ブリテン島にまでケルト人が広く住んでいた。しかし、これらの人たちはお互いに孤立しており、広い領域を治める組織化されたケルト人国家があったとは言えないらしい。また彼らが用いたケルト語はローマ末期から中世には衰退、周縁化し、現在残るのはほぼ大ブリテン島のウェールズ、スコットランド、北アイルランドとフランスのブルターニュ地方に限られている。

＊

古代のフランスはローマ人に「ガリア」と呼ばれ、その南部ナルボネンシス（「アルプスの向こうのガリア」）は紀元前二世紀にローマの属州になった。ニームやアルルにはその時代の遺跡が今も見事に残る。

リヨンを中心とする中北部フランスの長髪のケルト人はウェルキンゲトリクスの下で、紀元前58年からカエサル軍と戦ったが、52年にはアレジアで敗北を喫し、ローマ帝国の傘下に入った。こうしてフランスにはガロ・ロマン（ケルトとローマの混在した）文化が五世紀まで栄えた。パリの近郊や市内にもガリアやローマの遺跡が数多い。

しかし、五世紀後半にはライン川中流域にいたゲルマン民族の一つフランク族のサリ支族が、ゲルマンの諸民族を統合し、フランク王国―初代の王はクロヴィス―を打ち立てた。カトリックを中心に据えたこの国家は、フランス北部を領有し、後にフランス全土を支配下に置き、西ヨーロッパ全域を治めた（800年にはシャルルマーニュ（カール大帝）がローマで戴冠）。その後九世紀に三つの王国へ分裂した結果生まれた西フランク王国には、十世紀末にカペー朝が興り、フランス王国が形成されていく。言語面では、俗（民衆）ラテン語がフランク語の影響を受けた。

こうした歴史を反映し、大きく言うとフランスは北や東では貴族階級がゲルマン（ドイツ）系の影響を強く受け、また南の方はローマ帝国に深く組み込まれ、それぞれ文化や人種の面で深い混淆があった。パリのある北西の地域は両方の中間地帯であった。中央集権を進める北と地方の独自性を求める南、言語では標準語になったラング・ドイルと地方語に留まったラング・ドックとがあった。

そうした中でケルト人（ガリア人、ゴロワ）であることが民族のアイデンティティとして強調されたのは、国家統一、愛国心高揚の観点から納得できる。ラテン語の「ガリア」はフランス語では「ゴール」であろうが、普通は「ド・ゴール」という形で使われ、ガリアの人、ガリアの言葉の意味では「ゴロワ」が使われる。「ゴロワーズ（ガリア人の女性）」は匂いの強い両切りタバコである。古代のケルト人のヘルメットの絵が描かれ、第一次大戦の塹壕で髭面の兵士が吸い、対ナチス・レジスタンスのシンボルでもあった。

ヨーロッパにはケルト語由来の地名が多い。パリの名はパリシー支族から来ているし、セーヌ川、リヨン、アルプス、またロンドン、カレドニア、ウェールズ、いずれもそうである。フランスでは陽気であけすけな好色をゴロワズリーと言う。ラブレーの巨人物語はそれの典型であり、ヨーロッパ文化の一面である。

こうした歴史は興味深いが、今のヨーロッパは国を超えた移住や国際結婚が一般化しており、グローバル化の中で自国の民族の遠い祖先を意識することの意味が薄れているだろう。

Huissier

ユイシエ（取次役）

この言葉が私のボキャブラリーに加わったのは比較的新しい。

天皇誕生日のパーティーで日本大使館でのレセプションに行くと、入り口に立つ正装の取次役がこちらの名前、勤務先と肩書きを聞いて、フランス語で声を張り上げる。何何様のご到着！といったところ。それを聞きながら、こちらは中に入り、真ん中にいる日本大使に日本語で挨拶をする。私の場合は勤務先名が長く、フランス語的でなかったが、間違いなく伝えてくれる。事前に出席者リストに目を通していたのだろう。

この役割の人をユイシエという。仏和辞書を見ると、Huissierには廷吏、取次役、門番の日本語が充てられ、芝居などを見ると様々な役割を果たす。Huisは古いフランス語で門、出入口の意で、Huis Clos（『出口なし』）というサルトルの芝居がよく知られている。

＊

90年代半ばのパリは、ユーロ取引のセンターになると見られ、十を超える日本の銀行や証券会社が現地法人、支店や事務所などの拠点を持ち、大手商社やメーカーも活発に活動していた。こうした企業の日本人トップの交代の際にしばしばレセプションが行われた。

私の場合には、二年半の勤務を終えた95年の夏に後任の紹介を兼ねたフェアウェルのレセプションを開いた。場所はフォブール・サントノレ通りのアンテルアリエ（連合国）クラブ。道路から狭い入り口を入ると、前庭があり、かなりの数の車が駐車できる。

この通りには数軒手前に日本大使公邸があり、クラブの隣の英国大使館とは庭も隣り合う。夏には庭にいくつものパラソルが開く。その先はコンコルド広場に面する米国大使館の敷地につながっている。通りのさらに先には大統領官邸であるエリゼ宮がある、まさにパリの中心である。

このクラブは1917年に米国の第一次大戦参戦を機に設立された。建物は、十八世紀に建てられた、ロスチャイルド家所有の館である。翌年にヴェルサイユ条約が締結され、1920年から八年の間はフォッシュ元帥を会頭とし、戦間期には連合国クラブとして盛んに使われたと聞く。

日本も第一次大戦では連合国の一員であり、この時期に日仏の外交・経済関係は深まった。１９４０年のドイツ帝国によるパリ占領時にクラブは閉鎖されたが、戦後はより広いメンバー層を対象に、国際的なクラブになった。53年には明仁皇太子殿下（現上皇陛下）が、エリザベス英国女王の戴冠式出席後ここに立ち寄られたこともある。

輸銀や私自身はそこのメンバーではなかったが、仕事で関係が深かったフランスの銀行の知人の紹介で、レセプションでの使用が可能になった。当日のレセプション出席者は駐在中に付き合い、顔を知っている人がほとんどであり、ユイシエは特に頼まなかった。対ヴェトナム金融支援で共同幹事を認めてくれたフランス貿易銀行（ＢＦＣＥ・現在はナティクシス）のトップ――当時フランス銀行協会の会長だった――や、大統領補佐官も招いたと思う。

かなりの数の招待者を迎えた後、そろそろおしまいかとレシービング・ラインを崩し、リラックスしていると、一人のフランス人が入ってきた。私にとって知らない顔であり、対応したスタッフは相手の名前と所属がよく聞き取れなかった。もう一度聞き直すと、フランスの最大手銀行の一つの頭取だという。交代の挨拶のつもりで案内を出したところ、代理でなくご本人が一人で来られたようだ。手違いなのか、出席の返事は受け取っていなかった。しまったと思いつつ、丁寧に応対し、後任者を紹介した。

その銀行とはその後輸出・プロジェクト金融の分野で協調融資するケースが増えた。後任者が関係を深めてくれたようだ。

*

ヨーロッパの大手銀行とは融資面での協調だけではなく、債券を発行する場合の引き受けや販売でも関係があった。輸銀は1983年1月に初めて海外で債券を発行、私自身それに関わり、バーゼルでスイス・フラン債の調印式にも出た。その後輸銀はドル建て融資が著増するのに伴い、90年代半ばにはロンドンやフランクフルトでドル債だけでなく、ポンド・マルク・スイスフラン・円建てなどの債券を発行。90年代後半には各年10数億ドルの債券を発行した。

実績がなかったフランスでも、私の帰国後の97年に20億フランの債券を発行、フランスの大手銀行が重要な役割を果たした筈である。

日本ではあまり知られていないが、フランスの銀行は第一次グローバラーゼーション（フランスのベル・エポック）の時代にロシア・トルコでの鉄道建設など欧州諸国の資金調達を助けた輝かしい歴史がある。日本も日露戦争の戦費の一部をパリで調達した。

90年代から2000年代にかけて、フランスの大手銀行は総じて格付けが高く、豊富なドル資金を有し、アジアやアルジェリアを中心に日本企業を支援し、輸銀と協調して活発に融資を行った。発電・水道・空港などインフラやガス・LNGなどの資源開発の面でも日仏の企業・金融機関の協力は数多くある。フランスを始めとする欧州の大手銀行はいづれも強力なコーポレート・アンド・インベスメント・バンキング部門を有している。前述の『フランス人の流儀』ではこうした関係について紹介した。

最近ではフランスの北部と西部での大型の洋上風力発電事業に関する日仏協力が報道されている。

日仏の金融機関や企業同士の密接な関係は今でも続いている。

Institut

Institut

INSEAD
YK.

アンスティチュ（学院）

Institut アンスティチュ（学院）

フランスではこの言葉が広く使われる。有名なのはアンスティチュ・ド・フランス、すなわちフランス語を守り、発展させるための国家機関たるアカデミー・フランセーズである。英語のinstituteと同様に、学院、研究所、場合によっては大学（例えばアメリカのMassachusetts Institute of Technology）という意味がある。パリの町の至るところで見かけるinstitut de beautéは女性だけでなく男性も行く美容院である。

フランスでは大学はほとんど全てが国立。学士三年、修士二年、博士三年の大学だけでなく、グランゼコールと言われる専門性が高い、大学院レベル（通常は二年の準備課程の後に入り、三年で修士をとる）のところもある。私立大学は最近ビジネス分野などで増えているが、日本に比べてははるかに数が少なく、中心は十に満たないカトリック系の大学である。

北仏のリール・カトリック大学は、私が勤めていた城西国際大学と交流協定を結んでおり、理事長以下数名でそこを訪れたことがある。学長は神父であり、学内の教会にも案内された。リールはかつて石炭や繊維業で発展した町だが、最近では近くのブラッセルとのつながりを生かし、ＥＵを視野に入れた教育・研究に取り組み、デジタル化によるイノベーション、酪農をベースとした技術開発にも注力していた。

パリにはアンスティチュ・カトリック、英語ではパリ・カトリック大学がある。フランス革命により教会は特権や資産を奪われたが、その後ナポレオンの時代に法王庁バチカンとの間で和解がなった。しかし、１８７０年以降の第三共和政のもとで、特に１９０５年の政教分離施行により政教分離が進められ、初等教育から聖職者が外され、教育の世界は宗教色が薄くなった。その中で１８７５年に設立されたパリやリールのカトリック大学は神学のみならず、社会科学や人文科学などを扱い、文明や語学の教育で定評がある。

１９９４年の夏は妻と娘がアンスティチュ・カトリックの夏季語学講座に数週間通っていた。キャンパスは左岸のソルボンヌがあるカルチェ・ラタンに近い。妻のいた中上級のクラスには、アフリカなど海外での布教や学校教育に携わっている聖職者が夏休みをとって数多く参加していたらしい。

イエズス会のフランシスコ・ザビエル（バスク出身）が日本に布教に来たのは

１５４９年。その数十年後にバテレン追放、さらに鎖国に踏み切ったが、明治になりキリスト教の布教を再び認めた日本―欧米を廻った岩倉使節団は訪問先のフランス政府からは、キリスト教布教の自由を求められた―には、カトリック系修道院が経営する学校が増えた。どこも語学教育や大学進学に熱心である。

＊

ＩＮＳＥＡＤ欧州経営大学院はパリの南のフォンテーヌブローにある。ここは今やシンガポールやアブダビにもキャンパスを置く、グローバルなビジネス・スクールとなり、ＭＢＡコースの国際ランキングでは近年トップクラスにある。インシアードと英語での略称が一般的に使われるが、正式名称はフランス語でInstitut Européen d' Administration des Affairesという。

私がその夏期セミナーに出たのは四十年以上前のことである。本店に適当な人がいなく、欧州駐在員になりたてで、英語を使う仕事で苦労していた私をＮ所長が推薦してくれた。ハーバード・ビジネス・スクールの様なケース・スタディが中心だと言われ、夏休みで空いている寮に入った。

コースのタイトルはHuman Resources for Multinational Enterprises。週末を挟

んで二週間のコースだった。クラスは二十人くらい、SASのいくつかの欧州子会社からの参加者が中心勢力だった。使う言葉は講義や教材、全てが英語。毎日、教科書『Management and Culture』の該当箇所と二、三のケースを読んでおかないと、授業をよく理解できず、ましてや質疑には参加できない。

夏休み期間で寮の夕食がなかったのか、夕方になると十人程度がキャンティーヌに集まり、ビールを飲む。それから町まで歩き、ほぼ毎回中華料理の卓を囲み、歩いて戻ってくる。ナイジェリアの女性会計士もグループにいた。その後に、部屋でケースと教科書を広げる。途中で眠くなり、翌朝は早めに設定した目覚ましが鳴ると続きを読むが、なかなか読み終わらない。授業はボードを使ってくれるのでまだ良いが、ディスカッションに加わるのはなかなか難しい。

毎日これの連続で、精神的に参ってきたので、週末にはパリから家族を呼び、ルネサンス様式で、ナポレオンがそこで親衛隊に最後の挨拶をしたフォンテーヌブロー宮殿を歩き、バルビゾンの画廊をのぞき、ノジャンのホテルに泊まった。

翌週は少し余裕ができ、クロード・ベッティーニ教授の「日本的経営と経済発展」の授業では若干の発言もできた。この先生からは自宅のアペリティフによばれ、りんごの木が植わる庭で話をしたが、ディナーが出るのかと思い、かなり長居してしまった。

授業の際に自分のキャリアで何を目指しているかとの問いに、与えられた仕事に努力すると答えたところ、それだと成功を得られないとのコメントを参加者からもらったのは忘れられない。

セミナーのポイントはこうだった。国際事業では本国の親会社と投資先の子会社の間における文化の違いを自覚し、いろいろな人の性格やアイデンティティさらに目指すキャリアを理解しなければならない。文化の違いや人の多様性への配慮は、フランスにおける教育のエッセンスである。仕事をやってきた半世紀、限られた範囲ではあるが、それを心がけるようにした。

Japon

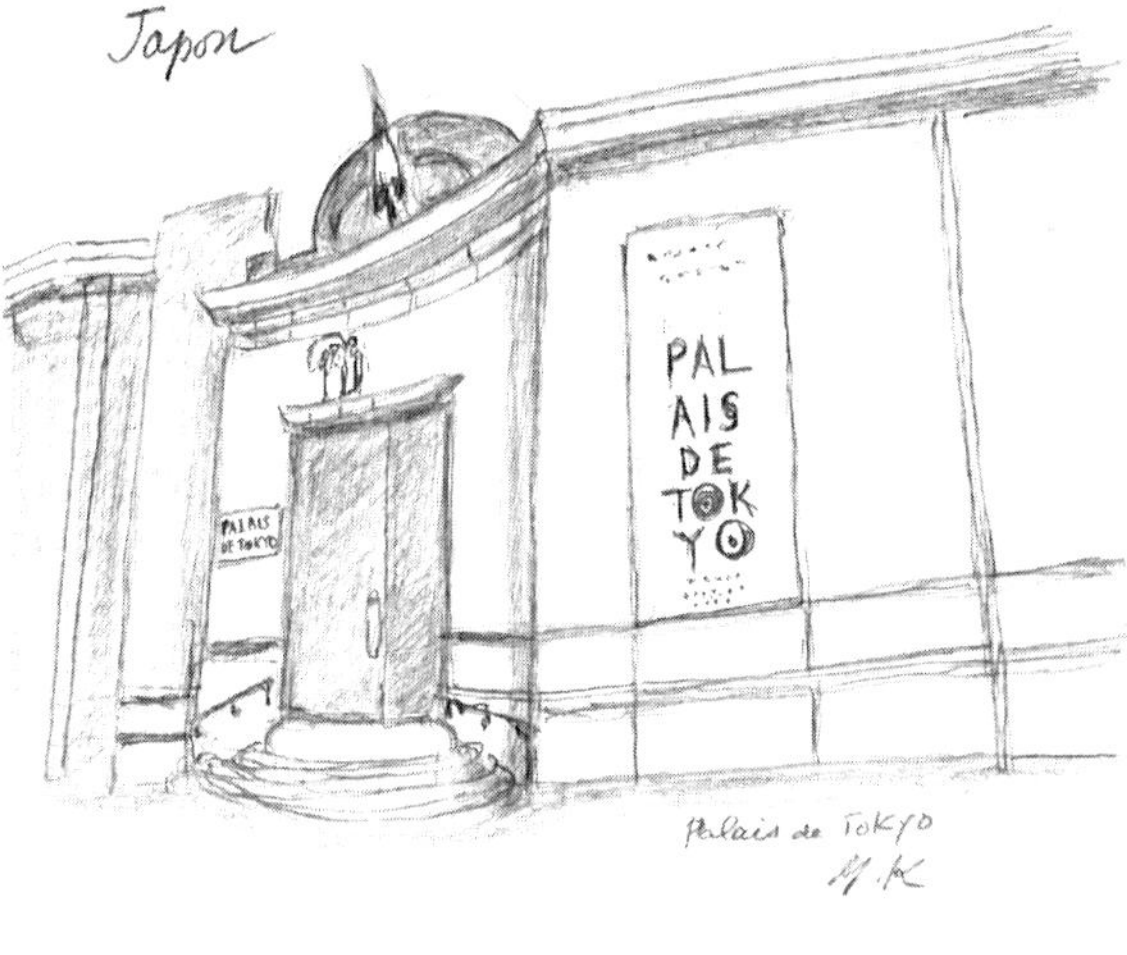

ジャポン（日本）

フランス語では、日本はジャポン、日本人や日本語はジャポネだと習う。英語に似ている。しかし、フランス語は全ての名詞に男性・女性の別があり、ジャポンは男性、語頭は大文字で、通常定冠詞Le（ル）がつく。ジャポネは「日本人」の場合では語頭は大文字、「日本語」では小文字、こうなると急に複雑になる。

国名はフランス語では原則女性である。フランス、グランド・ブルターニュ（英国）、アルマーニュ（ドイツ）、多くの欧州諸国、ロシア・中国・インド・エジプトなども女性でLa（ラ）がつく。しかしデンマーク、カナダなどは例外で男性単数、日本も同じ。英語では国は普通Sheで受けるが、フランス語だとその辺も異なる。

＊

さて、パリの通りには、ほとんどに地名やフランス人を中心とする人名がついている（ごくわずかは戦勝記念などの月日、勝利などの普通名詞）。若い時代に車でずいぶん町中を走ったが、日本に関連した地名や人名には出会うことはなく、地理的に遠く、関係が薄いからと思っていた。米国関連ではウィルソン大統領、ケネディ大統領、ニューヨークの名を冠した大通り（アベニュー）があり、通り（リュー）にはリンカーン通り、ワシントン通りがある。ドイツ関連となると、ベートーヴェン通りやゲーテ通りはあるが、ベルリンやボンの名はついていない。

昔使っていたミシュランのAtlas Paris（1991年発行）を取り出し、グーグルで通りの名の由来を調べてみた。日本関連の通りが一つ見つかった。名もまさに日本通りRue du Japonである。二十区のペール・ラシェーズ墓地の近くにある長さ115メートルの短い通り、既存の通りを改名したのではなく、1867年2月に新たに作られ、その名が付けられた。

日本では慶応3年にあたる。徳川幕府はこの年の1月に慶喜が将軍につき、それをフランス政府が支援するが――横須賀製鉄所の建設を援助、完成は71年――、英国政府がその側についた薩摩藩・長州藩などが優勢となり、ついに10月には明治天皇（3月に十五歳で即位しており、68年8月に即位の礼を上げる）への大政奉還が行われた。

パリでは4月から七ヶ月の間万国博覧会が開かれ、江戸幕府の他、薩摩藩、佐賀藩が出品、慶喜の異母弟徳川昭武が渋沢栄一ら28名の使節団を連れてパリにきた。

地図を見るとすぐ近くに並行するように750メートルの中国通りがある。かつて中国風の建物があり、1863年に正式にそう命名されたらしい。日本通りの建設・命名はこれの影響もあろうが、近代化する日本へのフランス政府の注目を物語っている。

もう一つの日本関連は、通りではないが東京宮（パレ・ド・トーキョー）、セーヌ川からトロカデロ丘に登る坂の途中にある。そこは1937年の万国博覧会のためにフランスが建てた、左右両翼を持つ広々としたアールデコ風の建物で、周辺は緑が深い。

その下のセーヌ川沿いのニューヨーク大通りは、1918年から45年までは東京大通りと呼ばれていた。1902年に日英同盟条約、そして07年にフランスとの協約を結んでいた日本は、第一次大戦はイギリス・フランスなどと共に連合国側で参戦した。しかし第二次大戦ではドイツ側に与したために東京大通りの名は戦後になり消された。

東京宮という建物の名はその後も残り、美術館として使われている。若い時にここでピエール・ボナールの作品を見たことがある。ジャポニスムの影響を受け、穏やかな色彩を使うボナールに心が和らいだ。ポンピドゥ・センターやオルセー美術館ができると、二十世紀前半の画家の作品はかなりそちらに移ったが、二十一世紀に入り、宮は官民連携の現代／同時代美術センターとパリ市の近代美術館の二つになった。

*

現在のパリで、日本を感じさせ、より知りたいと思わせるところはどこだろうか。大使館の広報部や1929年に建設された国際大学都市日本館（藤田嗣治・レオナールの壁画がある）もあるが、最近ではパリ日本文化会館が日本文化に関心のある多くのフランス人を惹きつけている。エッフェル塔の西側のブランリー河岸――パレ・ド・トーキョーから歩行者橋を渡ったところ――にあり、展覧会や舞台上演が行われ、茶室もある。国際交流基金の傘下にあり、磯村尚徳氏を初代館長に迎え開館してからすでに二十七年、代々の館長の出身はビジネス界、アカデミア、マスコミと多岐にわたっている。

多岐かつ多様な日本文化のどこに重点を置くかは時期により、人により変わる。日本語を教え、本を揃えて貸し出すだけでなく、映画、アニメ、文学、美術、伝統芸能、日本料理など扱う分野は広い。最近は「寅さん」シリーズを50本上映したと聞く。仏教を中心とするアジアの中の日本という観点になると、すぐ近くのギメ東洋美術館を外せない。フランスは禅をはじめとするアジアの仏教についての研究レベルが高い。

歴史を振り返ると、江戸末期から日仏の関係は深まり、近代化の過程で日本がフランスから取り入れた制度は陸軍や教育を始めとし、多岐に及ぶ。

１９２１年から七年間、大正末期から昭和の初めにフランス大使として日本に駐箚したポール・クローデルは詩人・劇作家の目でお能など日本文化の深さを知り、その理解を基にビジネスや軍事の面で日本の重要性を本国に説き、インドシナも包含した形での両国の関係強化を訴えた（外交書簡集『孤独の帝国』）。

１９９４年10月の平成天皇・皇后両陛下によるフランス公式訪問の時は、シャンゼリゼ大通りを何キロにも及び日章旗と三色旗が飾った。私はそこを見に行き、シラク・パリ市長主催の歓迎式典に出席したことを思い出す。

近年ではフランスも日本も国際社会における地位やプレゼンスが低下している。一方で、「特別なパートナーシップ」としてウクライナやパレスチナ問題に関連した支援のほかに、開かれたインド太平洋のための協力強化が両国政府間で約されている（23年12月にドバイで中期ロードマップを日仏首脳間で調印）。さらにより広く言語や文化を基礎に交流をしつつ、グローバルな視点でビジネスや経済社会政策など多方面での接触、協力を深めることが望まれる。

K-way

カーウェイ（携帯用レインコート）

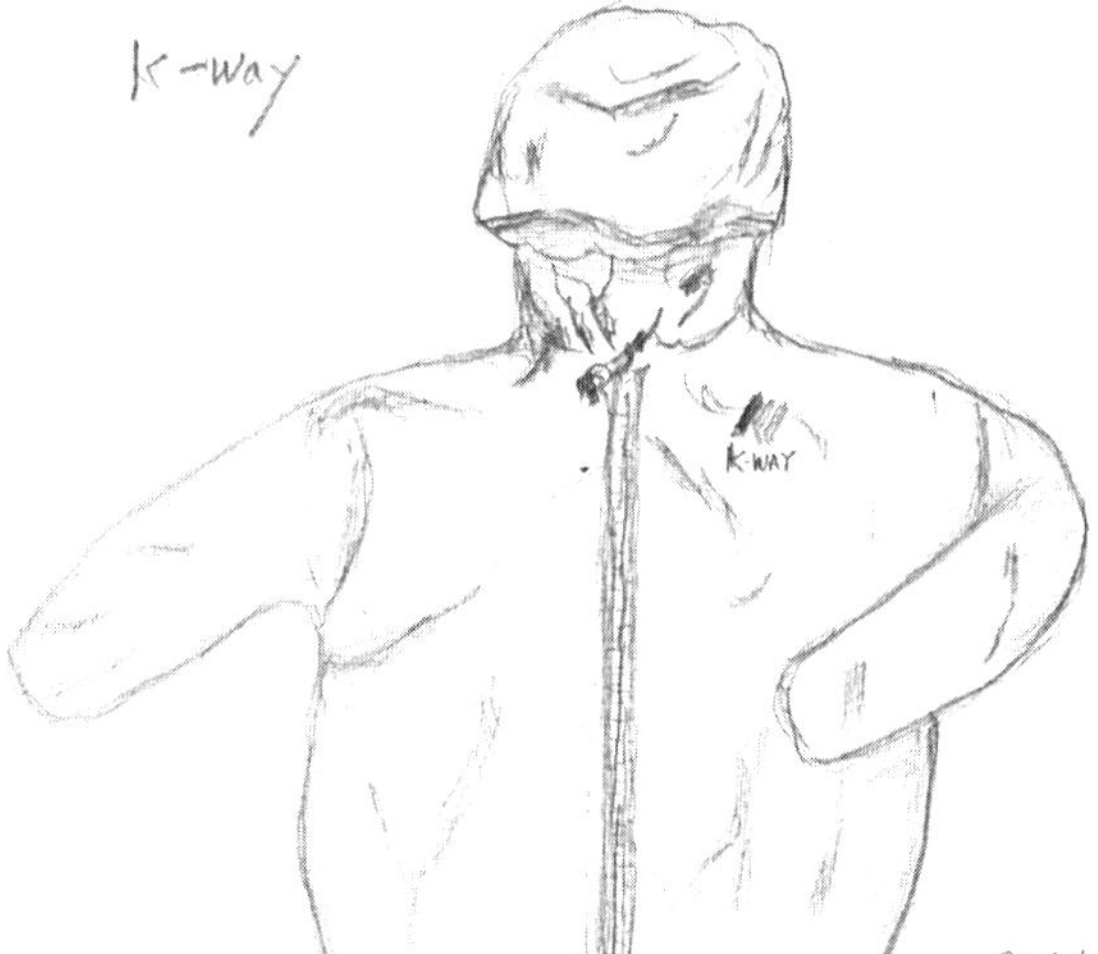

耳から入り、音と意味を覚えている言葉がある。「カーウェイ」がそうだ。小さい頃に娘たちが学校に持って行った携帯用のレインコートである。ビニール製で、袋の様に折り畳め、フードがついている。

傘を常時持ち歩く習慣がないパリでは、小雨だと大人は襟を立てて歩くが、子供たちはこのレインコートをカルタ―ブルから出す。スタンダールの辞書を引いても、普通名詞ではないのでのっていない。

そもそもKで始まる言葉はフランス語には極めて少なく、1700ページ弱のうちの5ページしかない。このブランドは1965年にパリで興り、キッズ用だけでなく大人用のレインウェアも作っている。日本語のサイトでは英語読みで「ケーウェイ」となっている。

*

寒くなるとパリでは、小さな子供たちに目出し帽をかぶせる。たしかカグールcagouleと呼ぶ、目と口の部分が空いている防寒頭巾である。最近ではテロリストや犯罪者がかぶる悪いイメージがあるが、私の駐在時代には幼児や低学年の子供たちにとって冬の必需品であった。日が短く、学校への行きも帰りも暗いし、石畳の街や公園は冷える。

カルターブルというフランス風ランドセルも日本とはかなり違う。素材は皮革だっただろうか、形は横長で、日本のものより大きいが軽い。その中に娘は何を入れていたのだろうか。低学年だと薄い教科書とノートぐらいのはずだ。学校で書いた、多色の細い色ペンでの絵をよく持ち帰ってきた。太陽は赤や濃いオレンジではなく黄色で描かれていたが、フランスではこれが一般的らしい。セロファン紙で表紙を丁寧にカバーした教科書は、学校の備品だったようだ。バレエを放課後に学校で習っていたが、道具はロッカーに入れていたのだろうか。

カトリックの私立女子小学校（幼稚園クラスが付属）だったが、制服があるわけでない。女の子たちは普段はワンピースやブラウスとスカートで、校内では絵を描く時はタブリエ（スモック）をつける。寒くなると紺色のセーター（プュルオヴェール）、その上に毛織物のマントを着て行った。

小学校の時はタブリエを着ていたという妻がいれば、もっと鮮明に思い出せるはずである。日本と違い父母の参観日はなく、学校での様子は子供から、また妻から断片的に聞いた。子供たちがデギゼ（仮装）する日や父母が校内に入れるバザーはあった。

＊

時代は１９７０年代の最後の二年強。フランスの学校制度は詳しく知らず、しかも低学年だからもっぱら学校に任せていた。長女は小学校に入学、フランス語に多くの時間が割かれていたようで、家でもアルファベ（ＡＢＣ）を覚え、筆記し、短い文章を暗記する声が聞こえた。宿題を妻が助けていたのかもしれない。一年も経つと、友達と速いスピードでフランス語を話し、こちらはよく分らないことが増えてきた。仲の良いフランス人の友達もできていた。

誕生日には部屋を飾り、お友達を五、六人呼び、箸で豆を運ぶゲームや風船送りをやり、食事やケーキを食べた。三歳違いの次女もそれに加わった。親は玄関まで子供を送って行き、終わりの時間になると迎えにくる。私も誕生日会のお迎えを何回かやった。かつての貴族だったらしい人のアパルトマンは極めて立派だったり、そうでもなかったりした。長女は片耳に少し不調があったが、結構学校生活を楽しんでいたようだ。

帰国後は、せっかく覚えたフランス語を忘れないようにと、しばらくある修道院の年とったマスールのところに通わせたが、レッスンは田舎の子が植物・動物と会話する本を使っており、横で聞いていても退屈で、そのうちにやめてしまった。

誕生日会の方は、クラスの男女のお友達数人を私自身がこどもの国に連れて行く形で、数年間続けた。今でもたまに近所の中年の女性に頭を下げられることがある。

帰国子女と言っても期間は短く、まだ小学校低学年と幼稚園だった。親の立場で感じたのは、フランス社会は男女を問わず、子供を自立させようとする意識と仕組みがあることである。極めて大人本位の社会だが、子供たちは守られ、そこに加わろうと努力をし、育っていく。そのために教育や社交は極めて重要な手段であり、パリの裕福な階層やインテリ階級はとりわけそう意識している。その基本になるフランス語を重視している。

もう一つは、国籍がどうかというより、同じような文化や価値観を持つ人には心を広げ、つき合うということである。

フランス社会の冷たさや断層を知らないのではないか、時代は変わっていると言われればそれまでだが、いわゆる市民・ブルジョワ層の精神的な豊かさや余裕がパリにはあった。今でもきっとそうだろう。

Librairie

リブレリー（本屋）

パリの本屋で一番多く入ったのは、多分ガリニャーニ（Galignani）である。
オフィスから出てアーケードになったリヴォリ通りを左に、ルーブル美術館側に少し歩いたところにこの本屋はある。大きなショーウィンドー（ヴィトリヌ）には芸術関連の本が何冊も飾られ、中に入ると高い天井までの木棚一杯に、まるで小形図書館のように本が並ぶ。歴史と格式を感じさせる、立派な本屋である。英語の本がメインで、美術、建築、デザイン、ファッション、写真など芸術の本も多い。近くのルーブルや装飾美術館などで特別展が開かれると、その関係の本が並ぶのは嬉しい。

一角にはフランス語の図書もある。数はある程度限られているが、精選された近刊書やエッセイ、国際関係の中から読みたいものを探せるのがありがたかった。手元の洋書の中にはここの栞が挟まっているものがある。

本屋は名前が示すようにイタリアが起源。1520年にヴェニスでグーテンベルグ印刷機を使ったラテン語文法の出版を始めた。その後、停滞したヴェニスを離れ、十七世紀終わりにはロンドンへ、さらにパリに移り、大陸で唯一の英語図書専門店になった。リヴォリ通りに移ったのは1856年、日本が開国した時期である。今や百七十年近い歴史を持つ。

この通りには近くのカンボン通りの角にW.H.Smithもある。こちらはイギリス最大手の本屋。イギリスとゆかりのある国々の空港でよく目にする。英語の本や教材を広く扱い、二階ではイギリス料理を出す。

英米語・英米文学という点では、セーヌの反対側、左岸にあるシェイクスピア・アンド・カンパニーという書店が有名である。現在は二代目。初代の店は第一次大戦後に米国の女性によって開かれ、戦間期のパリに住んだアーネスト・ヘミングウェイらの「失われた時代」（ロースト・エイジ）のアメリカの作家たちが集まった。本を売るだけでなく、図書館のように貸し出しもしたと聞く。

＊

パッシーの教会近くの「ラ・フォンテーヌ」にもよく行った。子供から大人までの様々な本を扱っている町の本屋だが、規模はかなり大きく、日本の住宅街にはこまでのところは少ないだろう。ボンジュールと挨拶し、どんな本をお探しですかと聞かれると、ちょっと見せて欲しいと頼み、店であれこれ選ぶことが多かった。今でも家にある漫画のアステリックス・シリーズ（古代のゴール人）や象のババールの絵本はもっぱら子供へのプレゼントとしてここで買い求めた。帰国の前には、溜まっていたポイントに現金を足して、超大形二冊組の『La Méditterranée（地中海）』を買い、両手で抱えて家に持ち帰った。フランスでは誕生日などに本をプレゼントする習慣があり、帰国の際にフランスの友人たちからパリやフランスの写真集を何冊もいただいた。

ガリニャーニやラ・フォンテーヌには、数年前のパリ旅行の際に立ち寄ってみた。共に今でも健在である。ガリニャーニはホームページが充実し、アクセスするとラントレ（夏休み後の新学期）に出る新刊の図書案内があり、ラ・フォンテーヌも十二の店舗でネットワークを作り、夏休み用の図書案内はコメントもつき、充実している。

本は今やアマゾンなどのネットを使えば、世界中どこからでも買える。日本ではまだそこまで行ってないが、アメリカだけでなくフランスでもかなりの本はネットで一部や目次をざっと読める。こうなると忙しい中を本屋にわざわざ行かなくなる。

しかし、例えばシャンゼリゼのFNACのメガストアに行くと、あれこれ興味が湧く本に出会い、何冊かを買い、世界が広がる。そうするには時間やエネルギーが必要であるが、出張や個人旅行の時は、帰りに空港の地下の本屋で評判の本を急ぎ一、二冊ピックアップするということで終わる。

*

東京では飯田橋の欧明社が戦後七十五年間フランス語図書を専門にしていたが、2022年2月にとうとう店を閉めた。コロナ禍のなかで大学や語学学校の対面授業が減り、教材販売が減少したためと聞く。大きな流れとして本屋を経由せずに、ネットでフランスから本を買う人が増えていると言う事情もあろう。本屋がまとめて輸入し、送料分が割安になるメリットを活かせなかったのだろうか。

十数年前にハーバード大学の夏学期に出たことがある。大学町にはヨーロッパの本を専門に扱う書店があり、フランス語の本が圧倒的に多く、ドイツ語やイタリア語のものもあった。米国東海岸の高校や大学では今でもフランス語を第一外国語にとる学生が多いと聞く。その点は日本の大学も似ているだろうが、今は本を買って辞書を引きながら勉強をし、紙の本を読む習慣が廃っているのかもしれない。

日本全体でフランス語を少し深く学び、フランス語の図書を読む大学生や社会人、学者が減ってきているようにも感じる。これだと問題は少し異なる。

私自身も最近では本を専らネットで買うようになった。日本の本は書評や著者名などである程度見当がつくが、たまに洋書を購入する場合は値段も高いこともあって、できれば実物をパラパラしたいと思う。

趣味的な本だとカバーや紙質も気になる。本を手にとって選ぶ楽しみが減ったのは残念である。

Monde

モンド（世界）

英語のworldにあたるフランス語はmonde。ともに「世界」以外にも「世間」などの意味がある。フランス語ではTout le mondeが「皆」、「人々」という意味になり、話ことばでも頻繁に使われる。

「Le Mondeル・モンド」という日刊の夕刊新聞がフランスにある。パリに駐在した三十歳代前半にはこれをよく買った。夕方オフィスを出てすぐの、リヴォリ通りの横断歩道の隅に老人が蹲るように座っている。売るのは「ル・モンド」だけである。小銭を出し少し小ぶりの（ベルリナー版という）半折りになった新聞を買って、地下鉄の中で一面に目を通し、後は家で広げる。

この新聞を正確に理解するのがトレイニー時代からの目標だった。パリを拠点に欧州をカバーする駐在員になると、東欧や多くの開発途上国をフォローし、時に欧州の政府機関や銀行とカントリーリスクにつき意見交換をすることが仕事の一つとなった。国々の政治経済の情勢を追い、フランスの視点を知るのに、「ル・モンド」は大いに参考になった。所長は手分けをし、主に英語の新聞を読んでいた。

フランスの新聞や雑誌には英米とは少し異なるフランスの世界観や地政学の視点がある。「ル・モンド」はフランスを代表する高級紙として、政府筋の情報をのせるだけでなく、分析が鋭く、中立性が高く、進歩的と言える。開発途上国についてもＩＭＦとの関係や大統領外遊の際にはフランスとの関係や主要プロジェクトの記事が出る。後になって知ったが、この新聞の設立は１９４４年、レジスタンスを指導したシャルル・ドゴールによる。

左派色が強く出ていた時期もあったが、社会党のオランド大統領の時代（２０１２年から17年）にはラ・リベラシオン紙が政権に非常に近くなり、「ル・モンド」は中立的になったように感じる。

フランスの政治情勢も近年は大きく変化した。戦後長く政権についていた右派のドゴール派（日本では１９９５年から十二年間のシラク長期政権とその後五年のサルコジ政権がよく知られている）だが、２０１７年の選挙ではマクロン大統領が組織化した新設の中道政党に破れ、社会党とともに下院では少数勢力になっており、名称も共和党に変わった。

「ル・モンド」の傘下には月刊誌「ル・モンド・ディプロマティーク」があり、

国際機関の動きがのる。欧州ではパリにUNESCO、フランス語圏のジュネーブに国連欧州本部やWTO、ILO、WHOなどの本部があり、難民や人権を扱う国連の関連機関、多くの国際的なNGOもある。

フランスは第二次大戦後に西欧六カ国で設立したEECに強い影響力を及ぼし、中近東・アフリカ・アジアなどの「第三世界」（ティエール・モンド）とのつながりが伝統的に深い。欧州中心ではあるが、世界を広く俯瞰した外交が伝統的に行われてきたと言える。

60年代にはベトナムの和平会談がパリで行われ、75年には石油危機と先進国の不況に対処すべくジスカール・デスタン大統領が主導したG7サミットの第一回会合がランブイエで開かれた。私が駐在していた78年から80年の時期はイラン革命が進展し、パリに亡命したバクチアール首相と逆にパリからイランに戻るホメーニ師の動き、そして中近東を中心とした石油問題（第二次石油危機）を追っていた。

81年から95年にかけてのミッテラン大統領時代のフランスは、初期は国有化政策などの政策面の実験が進められたが、後半は緊縮政策をとり、EECのドロール委員長（前職はフランスの経済財務大臣）と組み、欧州の統一市場化や共通通貨ユーロの導入準備を進めた。英国のマスコミに比べ、フランスには欧州統合に好意的な報道があった。

80年代は、私自身はアジアや対外債務問題、銀行全体の問題にかかわることが多かったが、こうした欧州統合の動きにかかるフランスの報道に時々触れていた。

その後93年に所長としてパリに駐在した時は、オフィスに「ル・モンド」が入っていたが、「ヘラルド・トリビューン」や「ファイナンシャル・タイムズ」、「日経新聞」にも目を通す必要がある。フランスの大企業のビジネスは経済紙「レゼコー」が詳しい。結果として、「ル・モンド」を広げる時間が減り、朝の通勤の車の中でフランス・アンテールのニュースを聴いた。

週刊誌の「エクスプレス」も国際ニュースが豊富で、植民地解放や中絶の権利などを訴え、主筆だったＪＪＳＳ（ジャン・ジャック・セルバン・シュレベール）が世界の大きな動きを取り上げ、健筆を振っていた。創刊は１９５３年、昨年の秋に七十周年を迎えた。デジタル版の記念号をめくると、その間の世界の変化、日本が台頭し主要国の一員になった時代が懐かしく思い出される。

フランスで関わった仕事は、対欧貿易摩擦解消のための対日輸入や対仏投資の促進、進展するEU統合の把握とそことの金融協力、政治的不安が続いた重要融資先国たるアルジェリア情勢のフォロー、パリクラブでの債務救済など多岐に及んだ。当時はヨーロッパに対する関心や業務の中心はベルリンの壁崩壊後のロシアや中東欧の情勢、そして体制移行国に対する金融支援にあり、改革が遅れていたロシアやウクライナなどを支援するための国際会議がパリで時々開かれた。

＊

若い時から「ジ・エコノミスト」を購読しているが、最近では米英仏の代表紙のデジタル版もとっている。これらを置く図書館は近くにはなく、紙に比べるとそれほど高くないのでいつの間にかそうなった。

21年の夏は米軍のアフガニスタン撤兵、22年2月からはロシア軍のウクライナ侵攻を集中的にフォローした。最近はイスラエル・パレスティナ紛争の行方が注目される。ヨーロッパでアラブ人とユダヤ人が最も多いというフランスの報道にはユニークさがあるはずである。パリ駐在中の95年にはオスロ合意後のイスラエルを訪問し、世界最古の町ジェリコ（エリコ）に立ち寄ったこともある。

冷戦終了後すでに三十年が経ち、世界は新冷戦や新しい国際秩序形成の時代に入ったのは間違いがない。その理解を深めるのには質の高い新聞や雑誌を読んでいたい。正直なところ、日本の新聞の国際欄は今ひとつだ。

ドイツの再統一と東中欧諸国のEU加盟以来、欧州の中心は東に移っているが、最近の欧州としての軍事強化やバルカン諸国へのEU拡大の動きは、欧州主義者のマクロン大統領の下でフランスが主導する。他方、中国やインドの経済発展が目覚ましく、新興国と低所得国の二分化が進み、アフリカや中近東におけるフランスのプレゼンスの低下は否めない。

かつての「ティエール・モンド」は、「グローバル・サウス」として一体性は見られないが種々の分野で、欧米主体の国際秩序の変革を求めている。こうした世界の変化をよく見ていくためにどのような情報や論説をフォローするのが良いのか悩ましい。アメリカの動きが最も重要であるが、フランス人がよく言うところの「バランスがとれた（エキリブレな）」見方が必要であろう。

Non

ノン（いいえ）

どの言語にも否定の単語がある。日本語で言えば、「いいえ」「否」「違う」。英語ではNoノー、フランス語ではNonノンである。

自らが問いを提起し、それに「否」と答え、そこから論を進めるという修辞法を、フランス人はよく使う。

有名なのは、1940年6月18日のシャルル・ド・ゴール将軍の演説である。母国フランスがドイツに降伏し、停戦交渉をせんとしていた時に、ド・ゴールは亡命先のロンドンからBBC放送で演説する。「これは終わりか？希望は失われたか？決定的な敗北か？」と問い、「違う（ノン）」と一言発し、抵抗と勝利を訴えた。

その後はよく知られているように、ド・ゴールは自らが率いる「自由フランス」の拠点をアルジェに移し、フランス国内と連携したレジスタンス活動を広げた。44年6月には米国など連合国軍がノルマンディーに上陸、8月にはパリが解放される。

フランス語での会話での否定では、一言ノンと言い切り、しばし沈黙を保つのが効果的である。いささか芝居がかっているが。私の場合、そうした論法は取れず、たまに「ノンと思います」と付け加える程度であった。激しく論理的な論戦や親しい人と突っ込んだ会話をフランス語でやってこなかったといえる。融和的でありたいという気持ちもあった。

フランスに長く、難しい交渉や深い交際を経験してきた友人たちの場合はどうなのか。機会があれば聞いてみたい。

*

フランス人は会話で強く否定する時に、メ・ノンともよくいう。メmaisは英語のbutにあたり、「でも違う」とか、語調次第では「違う（わよ）！」、「本当に違う（わ）！」と言った感じである。もっと強く「絶対に嫌」、「絶対に違う」には英語ではabsolutely no(t)、フランス語ではabsolument pasが使われる。

このようにメを多用するのもフランス語の特徴であろう。会話の際に、相手が言っていることに直接反論する場合は当然だが、もう少し柔らかく反応し、相手に自分の意見を言い、別の側面に触れるときにも使う。それに対して、相手はさらに反応し、説明したり、議論を展開させたりする。大袈裟に言えば、メは正反合の三段論法、弁証法への誘いである。メを使う文脈は多岐に及び、メから始めることもある。

日本の社会、特に企業では上の人に「否」とか、「しかし」とかで答えるのは微妙なことが多い。同僚との間や小さなグループの間ではいいが、上の人は反論されたと嫌な顔をすることがままある。議論をする余裕がある状況ならば良いが、実際のところ仕事の場で議論する機会はあまり多くない。ブレーン・ストーミングも少なく、多くの場合に組織固有の暗黙の価値観で物事は進む。

日本にあるフランス大使館や商工会議所に属するフランス企業の日本法人を観察していると、フランスの社会でも多くの場合、事情は似たように見える。そこに来るまでに活発な議論が終わっているのかもしれない。役人も企業人も立場が上の人にはあまり反論するようには見えず、日本人と同様に、場合によってはそれ以上に上下の関係が意識されているようだ。

結局のところ、気をつけないと、あいつは一言多い、うるさいねと嫌われることになる。他方で、気の利いたコメントを言うことも重要である。正反の対話から議論が発展し、合の結論も生まれる。フランス人との会話の楽しみはここにもある。

この辺はバランスがなかなか難しい。親しい女性との間でも、メとかノンとかあんまり頻繁に言われると可愛さが減ってしまう。今の時代、こう言う物言い自身が批判されるのかもしれないが。

*

最近、91歳で安楽死したジャン・リュック・ゴダール監督の追悼上映で『勝手にしやがれ（A bout de souffle , breathless）』を見た。何度目かである。よく知られるようにヌーベル・バーグの先駆となった映画である。配給は1960年、白黒版である。

俳優の名前で筋を紹介する。南仏で自動車を盗み、警官を銃殺したジャンポール・ベルモンド（当時二十七歳）は、パリに出てくると、バカンス先で知り合ったアメリカ人のジーン・セバーグ（パリにある米国の新聞社ニューヨーク・ヘラルド・トリビューンで働き始めた）のホテルの部屋に押しかけて、二人は関係を深め、警察の捜査が迫る中でベルモンドはイタリアに一緒に逃げようと誘う。最後は、セバーグがベルモンドから逃れるべく警察に電話し、ベルモンドは逃げる途中で撃たれ、路上で死ぬ。この映画の中で、「アメリカの女性は男性に対し優位に立っているが、フランスの女性はその途上にある」との台詞をベルモンドがいっている。

当時二十歳のセバーグは髪をショートカットにし、Tシャツの下にブラジャーをつけないアメリカ娘を演ずる。ノンとかメとかで対話をすることもなく、自分流の生き方を目指し、説明をしないで思い切った行動をとる。この作品にはもう一人のヌーベルヴァーグ映画の巨匠フランソワ・トリュフォー監督が脚本に加わっている。

フランスの映画を見、小説を読む時には、ノンとかメが出る場面に興味を持ってみよう。

Ouverture

ウヴェルチュール（開放）

仏和のOの部は全部で24ページ、この中にœから始まる単語が2ページほどある。よく使われるのは、œil（目、複数yeux）、œuf（卵）、œuvre（作品）であろう。

œはOとEの合字で、日頃目にすることが少ない。フランス語では円唇前舌半広母音でØと発音する。かなり大きめに口を開き、少し前の方でオーと出す。意識しないと口をすぼめたウの音になってしまう。ドイツ語ではオーウムラルト。しかし、Œdips（オイデプス王）、œcuménique（全世界の）、œnologie（ぶどう酒醸造学）などではœをエと発音する。昔のラテン語がギリシャ語の *oi* をœで表したためだと読んだ。

ちょっと寄り道だが、œuvre（ウーヴル）についてもう少し述べる。作曲家の作品番号に使われるopとともに、ラテン語のopera（単数はopus）を語源とし、広く文学や絵画の作品の意で使われ、作業や仕事という意味もある。ミザンウーブルは、本の発行、契約の発効、制度の開始として使われる。どこか生につながる感じがする。

フランス語では全作家の作品集をウーブル・コンプレートという。プレイヤード（星団）叢書は、新書版の大きさで、辞書に使われるような薄い紙にぎっしりと印刷がしてある。持ち運びに便利である。学生の時に先輩が卒論を書くために、プレイヤードでプルーストの『失われた時を求めて』を読んだと聞いた。刺激され、ベルグソンを買ったが、なかなか進まず、早々に諦めた。

＊

Oの後に他の母音が続く単語は極めて少ないが、ouの組み合わせだけはかなりある。ウーブルと同じ語源のウブラージュ（作品）やウヴリエ（労働者）がそうである。他にも英語のopen（開く）にあたる動詞のウヴリール、その形容詞形のウヴェール、名詞形のウヴェルチュールOuverture（開始、開放、オペラ・バレエの序曲）は使用頻度が高い。

フランスは昔から、開かれた国だと自負し、亡命者、避難民、さらに難民や移民を多数受け入れてきている。ナポレオンの時代にユダヤ人を受け入れ、その後もナチスから逃れ、フランスに避難したユダヤ人は多い。

アルメニア人、白系ロシアやポーランドの貴族の末裔もいる。第一次大戦後はポルトガル、イタリアなど南欧のカトリック国からの移民が多かった。第二次大戦後はアルジェリア、モロッコ、チュニジアといった北アフリカ西部（マグレブ）からの移民が増え、さらに1960年以降は植民地から独立した西アフリカの黒人が加わり、今では移民の半分近くがこれらのアフリカ系である。第一次大戦の時に塹壕をほり、工場で働いた中国人もいるし（20年代前半には鄧小平や周恩来もフランスで学んだ）、1975年以降は南ベトナムやカンボジアから難民・移民がやってきた。

2022年の時点では移民（イミグレ、難民も含む）は合計7百万人、総人口の10・3％を占める（INSEE統計）。フランスを揺るがし、その後の社会変動の契機となる五月革命があった1968年時点では、移民の数は半分以下の3・3百万人、しかし比率は既に6・3％だった。1970年台半ばから四半世紀の間は伸びが鈍化し、移民比率も7・3－7・4％台で安定的に推移していたが、2000年以降はまた増加に転じ、コロナ下では入国者は減少した。

移民のうちすでにフランス国籍をとった人は2・5百万人である。移民の第二世代、第三世代が増えており、全人口の四分の一とか三割は移民やその末裔だと言われている。こうした中で、アルジェリアなどの移民二世などの社会的統合（インテグレート）が進まず、フランスは苦しんでいる。

＊

私は独身の時代は一年、家族帯同の時代には二年半が二度、フランスに長期駐在した。政府系金融機関のトレーニー・駐在員として、日本国内で銀行本店が滞在に必要な給与を支弁する形式だったので、労働許可は取らずに済み、ビザと滞在許可証を取得した。パリで営業をし、フランスの銀行と直接競争する訳ではなかった。それでも在日フランス大使館に必要な書類を出し、ビザを取得する必要があった。

パリでは到着すると直ちにシテ島にあるパリ警視庁（プレフェクチュール）に出頭、事務所の秘書にも来てもらい滞在許可書（カルト・ド・セジュール）を貰うとホッとした。この許可は一年毎の更新であった。

１９８１年から95年までフランスではミッテランの社会党政権が続いた。初めは共産党が政権に入り、その後は社会党単独、さらに保革共存、そしてミッテラン再選後も再び社会党単独、保革共存と政治体制が頻繁に変わった。その間にフランスでは貿易や投資受け入れの面で保護主義が高まり、また海外からの留学生・研究者などの入国者制限が強化された時期もかなり続いた。

＊

あれは何の時だったか、90年代半ばのある日、妻が怒って帰ってきたことがある。

警視庁か区役所で嫌がらせを言われたらしい。日本のパスポートには姓名しか記載がなく（結婚前の旧姓の記載がない）、夫についてパリに来ていることを書面上示せなかったらしい。

もっと前には、ル・マンのインターチェンジ近くの食堂に子供連れで昼に入ったところ、トラックの運転手たちのたまり場のような場所で、まるで来るなというようなサービスだった。それ以外は、嫌な思いはあまり記憶にない。

私が知るフランスは総じて私のような日本人やその家族にオープンだった。

Paris

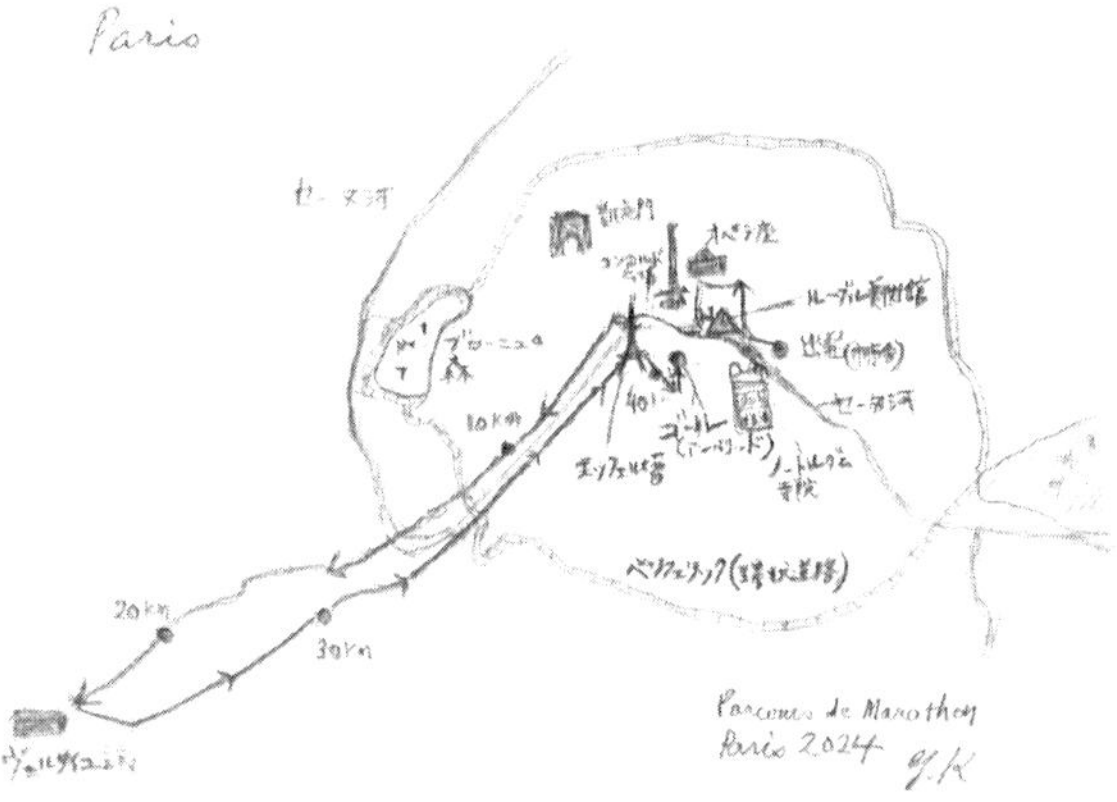
Paris
セーヌ河
凱旋門
オペラ座
ルーブル美術館
出発(市庁舎)
ブローニュの森
10km
セーヌ河
エッフェル塔
ゴール(アンバリッド)
ノートルダム寺院
ペリフェリック(環状道路)
20km
30km
ヴェルサイユ宮殿
Parcours de Marathon
Paris 2024
Y.K

パリ

2024年夏はパリでオリンピックが行われる。

聖火は5月8日（第二次大戦戦勝日）にマルセイユに上陸し、国内を廻った後、7月26日に開会式がセーヌ川を使って行われる。

マラソン競技コースも昨年中にすでに発表されている。ノートルダム寺院が見える市庁舎前からスタートし、旧オペラ座、ルーブル美術館、テュイルリー公園からパリで一番大きなコンコルド広場を通ってセーヌ河畔に出て、ヴェルサイユ宮殿に向かう、そこで折り返し、ムードン（ケルト時代の要塞）の森を抜け、エッフェル塔、そしてアンヴァリッド（廃兵院）のゴールまでである。

このコースはフランス革命の時に、女性が集団でパリからヴェルサイユ宮まで歩き、そこに住むルイ十六世と王妃マリー・アントワネットをパリのテュイルリー宮に連れてきた「ヴェルサイユの行進」に想を得たものらしい。景観の豊かさに歴史の重み、そして女性への敬意を感じさせる狙いのようだ。最終日の8月11日は女子マラソンである。

＊

こうしたニュースを聞くと、パリに久しぶりに行ってみようかと思う。パリはアンヌ・イダルゴ市長（社会党の有力女性議員）の下で目下オリンピックのための建設工事が進み、地下鉄を延伸し、自動車の通行を制限した都市づくりが進行している。この期間はオフィスがあったリヴォリ通りは自動車が禁止され、右岸は自転車や歩行者に優しい都市になる。郊外との地下鉄の便も良くなる。

メインスタジアムのあるパリの北のサンドニも選手村が建設され、大きく変わりつつある。

しかしオリンピックのある8月はどんなものだろうか。近年は熱波到来でパリの夏は40度をこえることもある。マラソンは夜明けとともにスタートかもしれない。オリンピックが終り、遅れている工事が完了し、街が落ちつき、美しさを取り戻してからがよさそうだ。

望ましい季節は、フランス人がいうところの「美しき5月」（Joli Mai）か6月だろう。秋は意外に早く、10月はいいが、落葉の11月は風情があるものの、日がすでに短くいささか寂しい。

一緒に行くのはできれば、美味しいものや美しいものに関心が強い女性がいい。パリは地下鉄もバスもあるが、石畳を結構歩くので、足が丈夫でないと。しかし働いている人はなかなか難しそうだ。

飛行機はやはりエール・フランスだろう。フランス語の歯切れの良いアナウンス、そしてお酒が豊富で、エコノミーでもシャンパンが出るし、機内で温めたパンも嬉しい。

シャルル・ド・ゴール空港から市内へは、これまでの個人の旅行ではタクシー以外にもRER・地下鉄の乗り継ぎ、空港バス、乗り合わせバンと色々使ってみた。市内にまっすぐ入れる地下鉄もできている筈だが、今度は少しゆったりハイヤーにしてみようか。Uberで予約すればそれほど高くないはずだ。

ペリフェリック（首都循環道路）から街中に入る時は、少し遠回りでも凱旋門からシャンゼリゼ経由にしよう。いかにもパリに来たと感じさせる。これまでも初めてのお客様の時などは運転手にそう指示し、若い時は自分もそのように運転した。

ホテルはどこがいいだろうか。クリオン、ムーリス、ルブリストルなどの最高級のパラス・ホテルはたまに来訪者のために予約をし、そこで食事をしお茶を飲んだこともあるが、引退した身の旅行客には手が届かない。駐在時代に宿泊食事券があたり、妻と泊まった思い出のあるアテネ・プラザは古くなったかもしれない。

駐在員は地元に泊まらないので宿のレパートリーは案外狭い。商社時代も出張時はコストを考えたし、アフリカなどへの個人旅行の前後は乗り継ぎなので、部屋にはあまり拘らなかった。最近は国際的なチェーンの高級ホテルも続々とでき、ファッション性が高いところも増えた。色々あるが、小じんまりとし、中庭でおいしい朝食が取れるところが良い。

オフィスでよく使っていたカスティーユ・ホテルは経営が変わり、建て替えられ、少し高くなった。一区のあのあたりは皆そうである。最近はネットの予約サイト上に部屋などの写真が載るし、利用者のコメントも参考にできる。

*

朝はコンチネンタルがいい。マルシェでさくらんぼや野苺、秋なら西洋梨を買っておく。昼間はどこに行こうか。ルーブル美術館には一度はいこう。昔は友の会会員だったので長い行列に並ばずに済んだ。今はネットでチケットを買えば、時間指定で入れるようだ。イタリアのルネサンスと北方ルネサンスからフランスの古典派が生まれていく流れをまた見てみたい。ダヴィッドやアングルらの大作も没後200年のナポレオン・ボナパルト（1769－1821）のことを何冊か読み、リデレー・スコット監督の映画「ナポレオン」も見たので前より興味がある。

彫刻はマールイ棟を歩き、カルーゼル宮の庭にあるいくつものマイヨールの女性裸像を眺めよう。印象派やフォービズム、ラウル・ドュフィーやボナールのフランス独特の空気、色彩と影、軽さとなると、オルセーか近代美術館だろう。日仏学院で受講した「隠れた美術館」に登場したところも候補だ。

しかし欲張ってあまり多くのところに行く必要はない。カフェでワインかビールの一、二杯とエクスプレス（エスプレッソ）を頼み、周りを眺め、モレスキンノートにスケッチをし、何かを書いて過ごすのもよい。グラン・モスクのカフェでミント・ティを飲み、天気が良ければ近くの木陰で休む。学生が多いが、ルュクサンブール公園はやはり雰囲気がある。パリの小中大の公園を扱う『Squares, parcs, jardins de Paris』をパラパラ眺め、新しい公園を探すのも楽しみだ。マルメゾンにも足を伸ばそうか。

食事はいささか悩ましい。パリに行くたびに会っていた古くからのフランス人の友人Pは病気らしいし、日本人の知り合いはほとんどいなくなった。中華をデリで買い、和食のカウンターに行くのもいいが、夜は話題のフランス料理屋にも行きたい。やはり、誰かを誘うのが先かもしれない。

道端のマルシェをのぞき、ボンマルシェや復元なったサマリテーヌ百貨店に行き、洋服屋や靴屋でちょっとした買い物をする。パリは旅行者を誘う。

Paris Bis

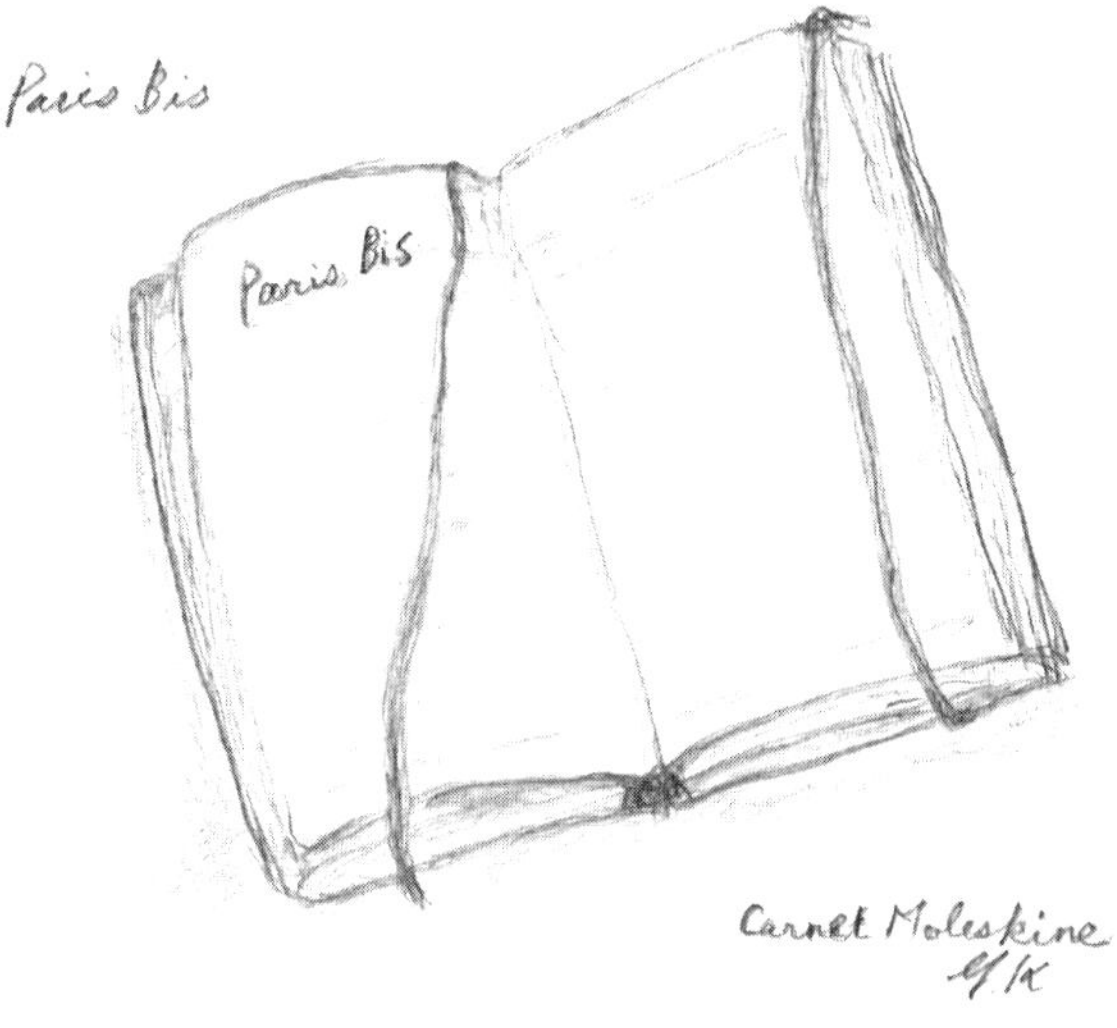

パリ・ビス（パリ続き）

フランス語にはビスという単語がある。「再び」とか舞台での「アンコール」とか、の意味であるが、番号にもビスがつく。続きとか補足といった感じだろうか。

パリには仕事や乗り継ぎでも随分と立ち寄った。仕事の場合はオフィスの近くを選んだが、個人での旅行の場合は、あまり知らない地区に宿をとるようにした。特に左岸のセーヌ川とサンジェルマン大通りとの間、知識人や芸術家が住む界隈にはかなりの回数泊まった。

最初は家族での帰国直前のホテル・ドゥ・フルーリ。各階の外壁にある石像が照らされており、一度泊まってみたかった。その後もこの辺りで、軒を並べる画廊を冷やかし、ドラクロワ美術館に入り、カフェや本屋に立ち寄り、食事もした。若い時から頻繁に来た地区であるが、懐かしいとまではいかない。

地下のジャズクラブに友人たちと時たま行ったルテシア・ホテルは改装され、立派になっている。ドイツ軍が占領時に使い、戦後は釈放された多くのユダヤ人を受け入れた。ルレー・クリスティーヌ・ホテルはかつての修道院、N先輩夫妻を迎えに、狭い一方通行を大きな車で入って行ったこともある。近くのムフタール通りに止宿し、フランスとユダヤ人の関わりを訪ねた時の印象深い町歩きについては『「学び」を旅する』に書いた。

パリの南にイタリア門―イタリアへ至る国道の出発点―がある。あたりはいわゆるアジア人街、そこの活気に溢れたヒーペルマルシェや中華・ヴェトナム料理店にはたまに行った。

もう少し内側はイタリア広場。近くに宿をとり、私の大学に集中講義にきていたフランス人の先生とビュット・オ・カイユの小さな店で食事をしたことがある。店の名前は「桜桃の実る頃」、従業員が共同経営し、近くのやはり共同経営のぶどう園のワインを飲んだ。

この界隈には1871年3月に起きたパリ・コミューンに参加した労働者が多く住んでいた。その北はゴブラン地区、かつては皮なめし―犬の糞や人尿を使った―、染色、織物工場が多く立ち並び、悪臭、川の汚染が激しかったところだ。川はその後蓋をされた。パリ・コミューンは、5月末には鎮圧されたが、労働者が首都を自治統治した、世界に前例のない出来事であった。1843年10月から一年四ヶ月後に追放されるまで、20才代半ばにパリに住んだカール・マルクスは、のちにそこに共産主義の未来を見た（『フランスの内乱』）。

そこからセーヌ河岸に下ると、植物園とオステルリッツ駅が向かい合っている。南仏からＴＧＶ（新幹線）でパリにきた時は、リヨン駅からセーヌ川を渡り、左岸にあるオステルリッツ駅の近くに泊まった。隣のピティエ・サルペトリエール総合病院はかつての精神病院。売春婦を収容し、海外に追放していた時代もある。

お洒落な街になったバスチーユやナシオンの近くに泊まれば、フランス革命や共和政の歴史とともに、貧しい労働者街だった頃のパリを感じられる。

＊

パリを背景とし、パリを描く本は数多い。主要な名所・旧跡とそこを舞台にした文学作品は、例えば鹿島茂『文学的パリガイド』に紹介されている。かつて使ったフランス語の教科書モジェの第三巻もパリを扱う。２０１５年の二度のテロ事件のあとに出版された『パリはいつも祝日』（ガリマール）は、ヘミングウェイなど多くの作家によるパリへのオマージュである。

エミール・ゾラの『パリ』（上下巻、日本語版は竹内のぞみ訳、白水社刊）は

1890年代、いわゆる世紀末のパリとそこに住む人々を生き生きと描いている。少し長くなるが筋を紹介しよう。

主人公の青年カトリック僧は、社会に蔓延する貧困をなくすために、説教と施しだけで良いのか悩み、ルルド、ローマを廻り、パリに戻ってきた。年の離れた兄は無政府主義の化学者で強力爆弾を発明し、フランスの国家に捧げんとしている。労働者の貧困、悲惨な生活を前に、解決をどこに求めるべきか、宗教なのか科学なのか。世の中では政治家たちは腐敗し、個人的な利害と愉楽を求め行動し、新聞は党派性が強く、スキャンダルを書き散らす。大成功したブルジョワの実業家は夫婦ともに浮気し、醜い娘を没落貴族の息子と結婚させ、盛大な式と披露宴をマドリッド寺院で行なう。

パリの北、モンマルトルの丘では巨大なサクレ・クール（聖心）寺院の建設中、やがて完成する。キリストの心臓を崇めるという非科学的なその寺院を爆破し、信徒とともに自爆せんとした兄は弟に止められる。迷っていた弟はついに聖服を脱ぎ、兄の世話をしていた健康な娘を妻とし、子供が誕生し、兄の後を継いだ甥は自動車用の原動機を完成させる。弟は、思索に留まるのではなく、労働をし、愛と多産により家庭を営むことが人生の幸福だと悟る。

この小説は創作だが、多くの人物にモデルが存在し、社会の動きも実際の事件を下書きにしたらしい。ゾラは数年後に、ドレフュス事件でユダヤ人を排斥する軍隊・国家を弾劾することでよく知られている。

＊

比較的最近のものでは、アントワーヌ・ローラン（吉田洋之訳）『赤いモレスキンの女』。知的な本屋と金箔職人の女性を軽快に描く。小説は女がハンドバッグを奪われ、それを拾った男が持ち主を探そうと、中に入っていた赤いモレスキン・ノートを読むところから始まる。

舞台は２０１４年の初春のパリ、携帯とインターネットの時代。本に登場する通りやレストランの名は実在しないが、左岸のパリでの話である。

ハンドバッグにはノーベル文学賞作家であるパトリック・モディアノのサイン入りの文庫本が入っている。題名はないが、ナチス統治下のパリを描いた、代表作『暗いブティック通り』かもしれない。

ルュクサンブール公園を毎日散歩するというモディアノを始めとする小説家は愛

するパリの町を書く。

同じ作者・訳者の『ミッテランの帽子』も軽妙でフランスらしい小説である。ブラッスリーで間違えたフェルト製の帽子はミッテラン大統領のものらしい。この帽子を巡るいくつかの話から成り立つ。レジスタンスにも参加したが、その一生はヴェールに包まれているような社会党のミッテラン大統領。最後は隠していた癌で亡くなるが、人間的魅力があり、筆も立ち、フランス人に人気があった。

Quatroze Juillet

カトルズ・ジュイエ（7月14日）

7月14日はフランスの祝日。1789年のバスチーユ要塞襲撃そして翌年のエッフェル塔の前に広がるシャン・ド・マルス（軍神の原）での全国連盟祭を記念した日である。この日は早い夏休みから戻る車と出かける車で高速道路は大渋滞する。パリに残っている人にとっては、シャンゼリゼ大通りでの軍事パレードの日である。

ある年のこと、朝早くガラガラと重い車両が通る音が聞こえる。ベランダの窓越しに見ると、家の前の大通りを戦車が列になって走り、戦車砲の先がすぐ近くに迫る。戦車に立つ兵の視線を受けそうなので、窓を開けるのが躊躇される。西の方からきた戦車隊は大通りの先のトロカデロ広場に出て、第一次大戦の英雄フォッシュ元帥の像に敬意を表してからシャンゼリゼに向かうようだ。

軍事パレードは、毎年凱旋門のあるド・ゴール広場から出発し、コンコルド広場で大統領の閲兵を受ける。家族で見に行き、人ごみの中で、筒状の紙製の潜望鏡を上げたり、小さな子供たちを肩車したりしたこともある。今ではネット中継もあるらしい。

パレードの先頭は恒例によりポリテクニーク（理工大学校）の学生たちが務める。ナポレオンが十八世紀終わりに設立したグランゼコール、略称Xである。パリ郊外にあり、近年は女性も入学している。トロカデロから見下ろせるシャン・ド・マルスの奥に位置するエコール・ミリテール（幹部候補生学校）の学生たちがその後に続く。幾つもの軍の学校の学生たちも参加する。騎馬隊や機械化部隊も登場し、戦車隊はその中の花形である。空には戦闘機が盛んに飛ぶ。

外国の軍隊が参加することもある。私が見た1994年は欧州合同軍であった。ベルギー・スペイン・ルクセンブルグ軍にドイツ軍も加わり、それぞれ二百人がシャンゼリゼを行進した。フランス東部のストラスブールに本拠を置く合同軍の拡大や第二次大戦でのパリ解放五十周年を記念した行事だが、ドイツ兵を初めて行進に参加させたミッテラン大統領への批判もあった。日本の自衛隊は2018年に初参加し、以降数回参加している。

その年は知り合いの招待を受け、シャンゼリゼに面するビルの屋上から下を眺めた。大通りは幅100メートル、凱旋門から真ん中にかつてエジプト国王から送られたルクソール神殿のオベリスクが立つコンコルド広場までは3キロである。さらに凱旋門の先は、西にグランダルメ（大陸軍）通りが伸び、セーヌ川を超えてデファンス地区につながる。東の方はコンコルドからテュイルリー公園（ルイ十六世、ナポレオン、ナポレオン三世が居を構えたが、パリ・コミューンで焼失した宮殿の跡）そして小ぶりのカルーゼル凱旋門へとつながる。

このパリの「歴史軸」は長さにして約8キロ、ミッテラン大統領は西にグランダルシュ（新凱旋門）、東にルーブル美術館の入り口としてガラスのピラミッドを建設させた。

＊

ナポレオン・ボナパルトが建て始め、その死後1836年になって完成したエトワール広場の凱旋門は様々な戦役での勝利を祝い、真ん中には第一次大戦の無名戦士の墓やいくつものプレートが置かれている。そこから星の形に伸びる十二本の大通りにはフリードランド、ヴァグナム、イエナとドイツ語風の名がつくが、いずれもナポレオン軍が勝利した戦場の名である。他に大統領や軍人の名前もつく。特別の日には門の下に三色旗が翻る。

シャンゼリゼの中ほど、グランパレ美術館の近くには軍服で大股に歩くシャルル・

ド・ゴール（1890－1970）の像がある。高さは台座を含めて7、8メートルはあろうか。ド・ゴール本人は193センチと大きな人であった。没後三十年の2000年11月に立てられ、私は数年前に初めてその像を見上げた。

ナポレオンとド・ゴールはフランスの二人の偉大な軍人政治家だが、パリにはナポレオン・ボナパルトそのものの名をつけた通りや広場は意外に少ない。ガラスのピラミッドが立つルーブルのナポレオン広場と六区の美術大学前のボナパルト通りが知られる。ナポレオンを最も想起させるのは、棺が置かれているアンヴァリッド（廃兵院）である。ヴァンドーム広場の中心の円柱には時代により変遷があったが、ローマ風のナポレオン像がのっている。輝かしい勝利を得た戦場の名は、他にもリヴォリ、オステルリッツ、スターリングラードなど通りや駅の名に付けられている。

パリは十九世紀に二度の革命とパリ・コミューンがあり、帝政を布いたナポレオンやナポレオン三世（ボナパルトの弟の子）の名が共和政の時代に道路から消され、一時建設が進められたナポレオン大通りは結局オペラ大通りとなった。パリ改造を主導したナポレオン三世の名は、北駅前の小さな広場に残るだけである。

他方、ド・ゴールは、1970年に亡くなった後に、凱旋門のあるエトワール広場がシャルル・ド・ゴール広場と改称され、その名がつく橋や大通りもある。74年から運行を開始し、その後拡張した欧州最大規模の空港にも名がつく。モンパルナスにはド・ゴールがロンドンで抵抗を呼び掛けた日を記念した1940年6月18日広場もある。

フランス人が敬愛するのは、一にド・ゴール、二にナポレオンだそうだ。

＊

シャンゼリゼはパリ最大の映画館街でもある。しばらく単身になった時期に、食後にときどき出かけた。地下に作られた大きな駐車場は、迷わぬように各階ごとに違う色で壁が塗られていた。ただカード払いなので管理人の姿が見えない。映画の終わりが深夜になると無人の中を車まで歩くのが一寸怖かったが、ジャズが流れていたのでほっとした。

今もこの日の夜は、花火が上がり、下町ではダンスを楽しむ。

Restaurant

レストラン（料理屋）

レストランという言葉は、今の日本では小学生でも知っている。最もよく知られたフランス語、というかすでに日本語だと言える。英語だと最後のトを読むが、何か違和感がある。

私が最初に出会った西洋料理は、芝浦港に立ち寄った外航客船のダイニング・ルームだった。小学生の時、招待された父親について行き、料理とケーキ、果物、アイスクリームが珍しく、あれもこれもと口にした挙句、直後にトイレに駆け込んだことがある。１９７０年の大阪万博の時、銀行に入って三年目に初めて本場のフランス料理を食べ、ワインを飲んだ。それも春休みで長い行列ができていたフランス政府館には入れず、ケベック州のパビリオンで、まだヨーロッパやパリは遠かった。

＊

翌月には始めて飛行機に乗り、ロンドン経由でパリに到着。5月上旬には語学研修のためブザンソンに移った。そこでは、日本人の男三人で、時には女性一人も加わり、ときどき町のレストランに行った。入り口には雑誌のレストラン紹介記事が貼ってあり、大蔵省からの留学生のM氏と私はそれをちゃんと読んでから入るようにとホテル・オークラから派遣のH氏から教わった。この種の記事は料理用語が多く、表現が凝っており、よほどでないとおいしいとかを直接書かないので、結局はよく分からず中に入る。

その八年後にパリで駐在員になり、初めは所長とともに、もっと後には一人でお客さんをレストランに案内するようになった。所長からよく注意されたのは、ちゃんとしたレストランでは大きな声を出さず、静かに話すこと。ギャルソンには手や眼で合図すること。ビールではなく、アペリティフから始めること。できればデザートをとり、すぐにコーヒーを頼まないこと。

フランス語がある程度できると、カルト（日本でいうメニュー）を読み、お客さんに説明、相談し、店のお勧めも聞かねばならない。牛か豚か鳥かまではいいが、どの部位をどう調理したものか、料理法が限られている魚であっても、料理フランス語を的確に日本語にするのは難しい。食べたことがないとなおさらである。そこにワインを合わせ、水もガス入りか否か、さらに銘柄を言う。

ステーキがいいと言われることも多いが、一流の料理屋には凝った肉料理しかない。ステーキもフォフィレ、アントルコート、メダイヨン、パヴェなど様々な部位がある。焼き方はブルー、セニャン、アポワン、ビアンキュイから指定するが、ちょうどいいと言うアポワンでもあまり火が通っていない。ただよくしたもので、しばらくすると正確には理解していなくてもなんとなく格好がつく。時々お客さんから教わることもある。

＊

お客さんはどのレベルの店かに興味を持つ。何種類かの格付けの本があるが、日本ではミシュランがよく知られている。星三つが最高だが、料理の味だけでなく、店の大きさ・内装や接客サービスなども合わせた評価である。

一方、ヌーベル・キュイジーヌと言い、材料へのこだわり、量より質、日本料理から学んだ盛り付けが流行し始め、ゴ・エ・ミヨはそちらを高く評価していた。

私が所長の時は、普通はできるだけ星一つ、たまに二つ、ゴ・エ・ミオの料理帽が多くつくところから選んだ。折角のパリ、おいしいものを食べて貰いたかった。二つ星、三つ星は特別な場合だったし、男ばかりでの大人数の場合は、会話の声も大きいのであまり高級なレストランを避けるべきと教えられていた。

当時は日本円が強く、料理の代金もまだリーズナブルだった。最近はグーグルで、店の特徴や名物料理を簡単に調べられるが、これはいいことなのかどうか。

最新のミシュラン2023年版のリストをグーグルで見てみよう。三つ星はパリに9軒、二つ星は16軒である（ちなみに東京は24年版では12軒と33軒とその数はパリを上回っている）。知っているところが本当に減った。

アルページュは野菜を主体とした軽いフランス料理で、色取りがよく、白を基調にした内装も心地良い。今は三つ星だが、私が駐在した頃は二つ星だった。ヴァレンヌ通りのロダン美術館の近くにあり、当時は珍しく日曜の夜もやっており、利用したことがある。シェフのアラン・パッサールはその後日本への関心を高め、テレビの「料理の鉄人」西洋料理部門にも登場した。今は西フランスに野菜・果樹園を三カ所持ち、その作物の販売もやっている。

他には、ランブロワジー。三つ星を長く続けており（1988年から）、一度だけ行った。ヴォージュ広場にあり、天井も高く、落ち着いた雰囲気だった。ブローニュの森にあるプレ・カトランは、私の記憶の中では暗く、古いレストランだったが、フレデリック・アントンが現代的なレストランにし、すでに三つ星を二十年続けているらしい。

ギイ・サボワは世界トップ1000を対象とする「リスト」で数年間トップになった最高峰だが、ミシュラン23年版では二つ星に落ちた。系列のレストランにはときどき行ったが、本店は知らない。コロナ禍からの回復の中で、他にも格下げされたところが出ている。

伝統があり、ワインの品揃えがよいタイユヴァンは二つ星で健在である。色々と思い出がある。かつては代表的な高級レストランだった天皇陛下が行かれたトゥール・ダルジャン、天井が開くラセール、内装が華やかなマキシム、これらは今では特別枠入りかと思っていたが、いずれも改装し、今は星が一つかなしである。

ナポレオンやジョゼフィーヌが食事をしたパレ・ロワイヤルのグラン・ヴェフールは近年大きく変わった。テラスを使い、ビストロは朝から夜までやっているらしい。かつて三つ星を誇った時代もあったが、今は新しいレストランとして人気を集めている。次のパリ訪問時には是非行きたいところである。

最高級レストランはインフレに円安の影響も加わり、最近は高くなりすぎている。個人的には客も見られているような格式の高いところより、気楽な一つ星や若いシェフがやっている新しいところを探す方がずっと楽しい。妻について肉屋に行きいろいろな部位を眺め、レストランでメニューを貰って読み方を勉強し、農業博覧会に行った時代が懐かしい。

普段はどんなところで食べていたのかは、続きで書こう。

Restaurant Bis

レストラン・ビス（料理屋続き）

パリではおいしいものを食べていたのでしょう、と帰国直後はよく聞かれた。レストランは材料と調理法がいいだけでなく、食器やテーブル・セッティングにも気を使う。フランスの人はとにかく食べることを大事にする。

普段はどんな食事をしていたのか。昼はオフィスから出て十分程度の、我々のキャンティーヌ（会社食堂）と呼んでいたカウンター式の定食屋によく行っていた。黒板に書かれたその日の料理（プラ・ド・ジュール）3種類ぐらいから一つを選び、ワインを小さなグラスに一杯、最後にエクスプレスを飲む。店の名前も、出身地域も残念ながら記憶から消えた。だいたいは二、三人で出かける。混んでいるので、ボンジュール・マダムと声をかけ、案内されるのをしばらく待つ。小柄で目がくりっとしているマダムの顔は今でも浮かぶ。

初めにパテの小皿くらいが出て、その後はウサギの煮込みとかオッソブッコなどの肉料理が多く、脳味噌の煮込みやキッシュ・ロレーヌもあった。金曜日には魚がメニューの中心だった。日替わりの料理は少し洗練された家庭料理だが、どれも美味しく、続けて行っても飽きがこなかった。

秘書は普段はパンなどで済ませ、昼の間に買い物をしていたようだが、どこか早いところでと、カフェの奥で食事を一緒にしたことがある。私も一人で急ぎの時は、適当にカフェに入り、ビフテックとポムフリット（フライドポテト）の一皿料理をよく頼んだ。

中華はアルジェ通りの店が近かった。数人だと各人が定食をとり、一番安いプロヴァンスのロゼを取った。隣には鮨屋があり、特においしいという訳ではなかったが一人の時はそこにも行った。長く滞在する本店からの出張者もこうした所に連れて行った。

ある時期はサントノレのマルシェ（市場）のYAKITORIの焼き鳥丼をよく食べた。日本企業の経営と聞いていたが、焼いている職人（スタッフ）はスリランカ人だと言っていた。濃い目のタレをからめた焼き鳥は身が厚く、フランス人客も多かった。ラーメン屋やうどん屋は足を伸ばすには少し遠かった。最近ではこうしたところにもフランス人が普通に入っている。

*

オフィスの裏のモンタボール通りには日本企業が経営するホテルがあり、そこの日本料理店は割高なのでほとんどいかなかった。あるとき本店からK部長が出張でこられ、そのホテルに泊まり、夜はそこで日本のものを食べ、日本酒を飲もうと言われ、二晩連続でお付き合いをした。

翌日からポルトガルに随行し、中央銀行総裁他との会談、ディナーでは自慢のワインやポルトが出た。カーネーション革命の際にポルトガルが国際収支困難になり、国際支援の一環として輸銀が行なった緊急融資への御礼が述べられた。日頃寡黙な部長はメモも見ず、英語で立派な挨拶をされた。私もパリでの支援会合に出席していたので嬉しい機会であった。翌日は海岸町のナザレを訪問、お昼の前菜に小さな貝が出てきた。松江出身の部長は田舎では「雛の貝」と言うと、大喜びであった。

次席として仕えたS所長は食への関心が強く、仕事以外でも研究熱心だった。余裕がある時にはセーヌを渡り、左岸のオルセー美術館周辺の店を開拓した。ソローニュという名だったか、ロワール地方の魚やジビエなどを出す店は山梨出身の所長のお気に入りになった。タン・ディンというヴェトナム料理店はワインの揃えがよく、私はこちらが好みだった。パリの大学を卒業した二人の息子が継ぎ、今でもやっているようだ。これらの店は来客案内用のリストに加えられた。

モンタボール通りにはkinugawa（衣川）がある。つくりは洋風レストランで、中はちょっと照明を落とし、他の席が見えにくい内装だった。味付けは関西風で私の好みに合い、料理人は日航ホテルの弁慶にいたシェフ、日本人の女性がメートルドテルだった。すき焼きやしゃぶしゃぶもあり、仕事でフランス人を招くのに便利だった。たまに、一人で寿司を少しつまみに行き顔をつないだ。

重いフランス料理が続いた後は、家ではご飯にのりと佃煮程度で体調調整に務めた。

＊

あれから何十年である。K部長もS所長もなくなった。我らがキャンティーヌは消え、モンタボールのホテルは高級ホテルに変わった。kinugawaは外国人の経営になったと聞く。高級になり、八区やリゾート地に姉妹店を出している。

ミシュランの星がつくレストランの数は今や東京がパリを凌駕している。日本食が健康でおいしいと評価されて久しく、フランス料理のレベルも高い。

ただ材料の面では、国内や周辺国から各種の食材が豊富に集まるパリに比べてどうだろうか。土曜の朝、妻と一緒に道の脇に長く並ぶマルシェで、新鮮なものを広い選択肢の中から選ぶのが、パリ生活の一つの楽しみだった。調理法は今や両国ともほとんど変わらない。

フランスでは「味覚の一週間」という小学生への食の教育が定着している。十歳頃に甘辛酸苦といった味覚が発達し、料理の関心が高まると聞く。毎年10月の第三週にシェフが小学校で食材について話をし、一寸した料理を出したりする。三十年以上続く活動である。日本でも知人のAさんが日仏のシェフや料理学校の協力を得て、それを普及している。

レストランは建物の老朽化やシェフの老齢化・交代とともに閉まり、また生まれる。好きだった南仏料理の「カレデフォイヤン」も最近閉まった。食べることが好きな人々がいる国は、美味しいものを作る人を生み、楽しめる場所を作り続けていく。

たまに日本でフランス料理を食べるときは、ミシュランの星が一つ位つき、新しい試みをしているところを探す。食べる側にいる人も応援をすることが必要である。

Sport

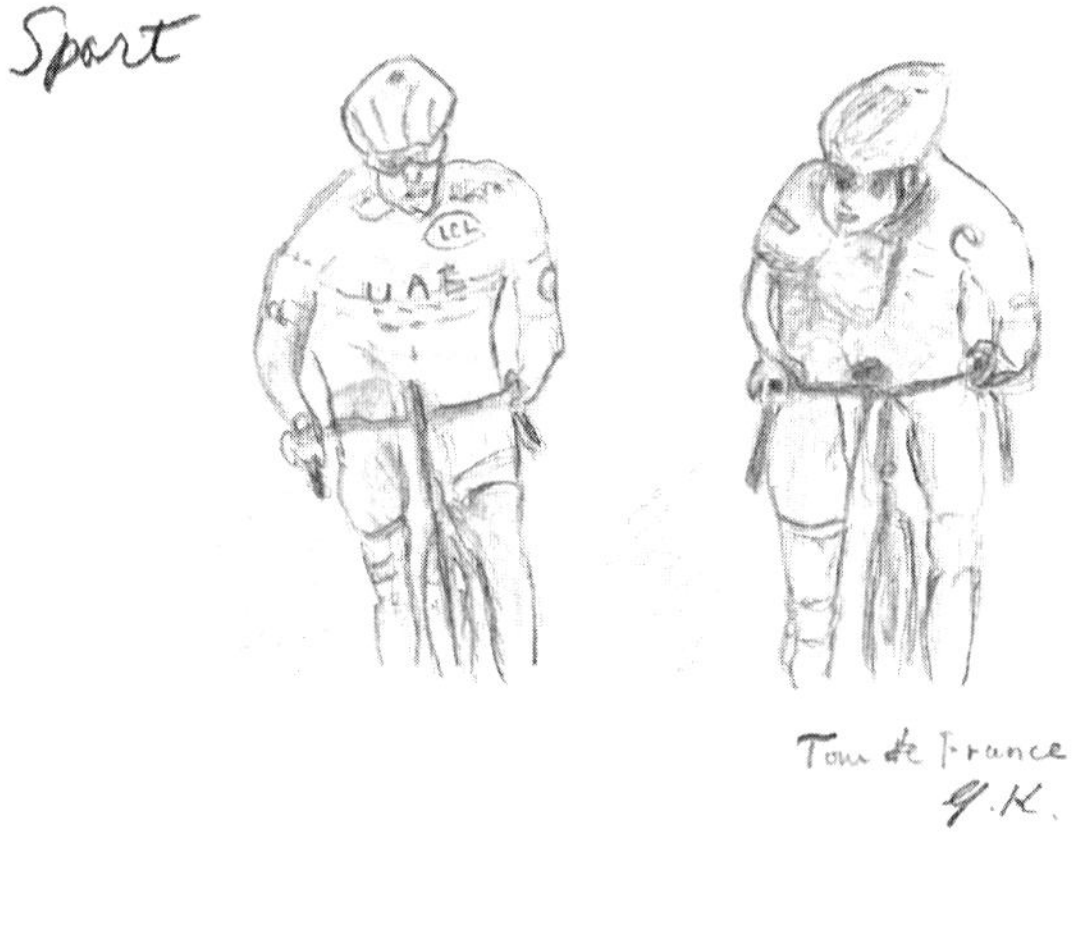

スポール（スポーツ）

英語の「スポーツ」は、フランス語ではスポールと発音する。古いフランス語のdesporter（気晴らしをする）やそこから派生した中世英語disportを経て、Sportという言葉が出来た。そこには運動をして体を鍛えるだけでなく、楽しむという要素がある。

フランスの学校は校庭が狭く、体育の授業はあまりなく、国民は身体を動かすのはあまり好きでない。これが一般的な見方のようだが、果たしてそうだろうか。確かにカトリックの神父や神学生はスポーツをあまりやらなかった。他方で貴族がなった軍人は乗馬、フェンシング、射撃などに力を入れた。女性たちはいち早く森で自転車に乗り、テニスを楽しんでいたことが、プルーストの小説に出てくる。

２０２１年の東京オリンピックでの成績を見ると、フランスのメダル獲得数は33と世界十位、金の数は10個で、オランダ、ドイツ、イタリアと同数である。主催国日本は合計58（うち金は27で三位）、欧州ではイギリスがスポーツが盛んであり、合計、金ともにフランスのほぼ倍をとっている。

フランスのとったメダル数で最も多いのは柔道で8、初の団体混合で日本を破り優勝したのは記憶に新しい。次がフェンシング5、ヨット・ボートを合わせ5。東京大会では団体の球技での大活躍が注目された。ハンドボールは男・女が優勝、男子バレーも優勝、男子バスケットと女子ラグビーは二位。女子バスケは三位。乗馬や射撃、自転車でもメダルを獲得した。

個人競技が得意な筈のフランス人は変わったのだろうか。様々な肌の色の人がナショナルチームをつくっている。

＊

スポーツは周りがやり、自分もやり、強い選手がいると応援する。フランスでは郊外や地方に出ると小規模の自転車レースを人びとが応援する景色にでくわす。自転車の国際レースでは「ツール・ド・フランス」（フランス一周）が歴史もあり、世界的に有名である。因みに「ド」は、ド・ゴールでも同じだが、軽く「ドゥ」という感じで、イタリア語のドレミのようにオの音は響かせない。いくつかの地方をなんと三週間かけて回り、ゴールはシャンゼリゼである。

二十世紀初めに始まり、すでに百回を超える伝統がある。これまでの総合優勝の回数はフランス人が三十数回でトップ、ベルギー人が続く。しかし1985年のベルナール・イノーを最後にフランス人は長く総合優勝から遠ざかっている。

競技は個人と団体（チーム）があり、累積タイムで競う。それが最小の選手が一位になり、黄色のジャージー（マイヨ・ジョーヌ）を着る。他にもポイント賞（風の抵抗の多い先頭三位を務めるとポイント）、区間賞、山岳賞、新人賞があり、受賞者は翌日に異なった色や模様のジャージーを着る。

2022年は7月1日にデンマークのコペンハーゲンでスタートし（グラン・デパール）、途中でフランスに移り、ベルギーやスイスにも入り、平坦地・丘・山（アルプス、ピレネー）をほぼ同じ日数走り、移動日や二日の休息日を挟みつつ、オクシタニーのロカマドゥールへ。そして最終日はデファンスからパリの南を走り、24日のシャンゼリゼがゴールであった。

全部で21ステージ（区間）、合計で3350キロ。優勝タイムは79時間33分22秒、計算すると平均時速42キロ弱ということになる。初日と最終日前日に個人のタイム・トライアルもある。優勝し、マイヨ・ジョーヌを着たのは二十五歳のデンマーク選手。スロベニア、英国の選手と続き、フランスの選手は一番上が四位だった。

110回目に当たる2023年のレースはバスク地方でスタートし、フランス国内を回った。詳しくはフォローしなかったが、一位はデンマーク選手が昨年に続き連勝した。国際自転車競技連合（UCI）の世界ランキングの国籍別では、現在一位はスロベニアの選手、二位はこのデンマーク選手、十位以内にフランス人は入っていない。

女性は2022年に初のツール・ド・フランスが開催された。7月24日から31日まで合計8ステージ、1034キロを走った。23年は956キロ、共にオランダ選手がトップ。UCIランキングでもオランダ勢が上位を占めている。

24年男子はオリンピックの年であり、6月末にイタリアのフィレンツェでスタートし、ゴールはパリを避け、ニースにすると発表されている。ツール・ド・フランスはヨーロッパを走る競技に変わりつつあるようだ。

＊

フランス人は冬のスポーツをかなりやっている。小学校では2月にスキー休暇があり、スキーは盛んである。

年末休暇に家族連れでアルプスのヴァルモレルに行ったことがある。そこはオランダの年金組合が資金を出し、全体が一つの村のような作りであった。久しぶりなので講習を受けた。時代は変わり、スキー板はだいぶ短くなり、できるだけ前に乗るように、板は揃えて斜面に向け、体重を片方にかけるように言われた。オーストリア風ヴォーゲンは時代遅れであった。

90年台半ばにはアルプスのモリジヌ・アヴォリアッツに二度行った。二度目は妻と娘が前回と同じホテルに泊まったところに、後から加わった。その日は途中から風と雪が強くなり、午後遅くケーブルカーが止まった。幸いモニトゥール（コーチ）をつけていたので、彼の後につき、山を超え、無事に宿に戻れた。

付き合ったフランス人の中には元ラグビーの選手がいるし、テニスやゴルフはやっている人がかなりいるかもしれないが、自転車の話はあまりしたことがない。サッカーの話は大いに盛り上がる。

Toussaint

トゥサン（万聖節）

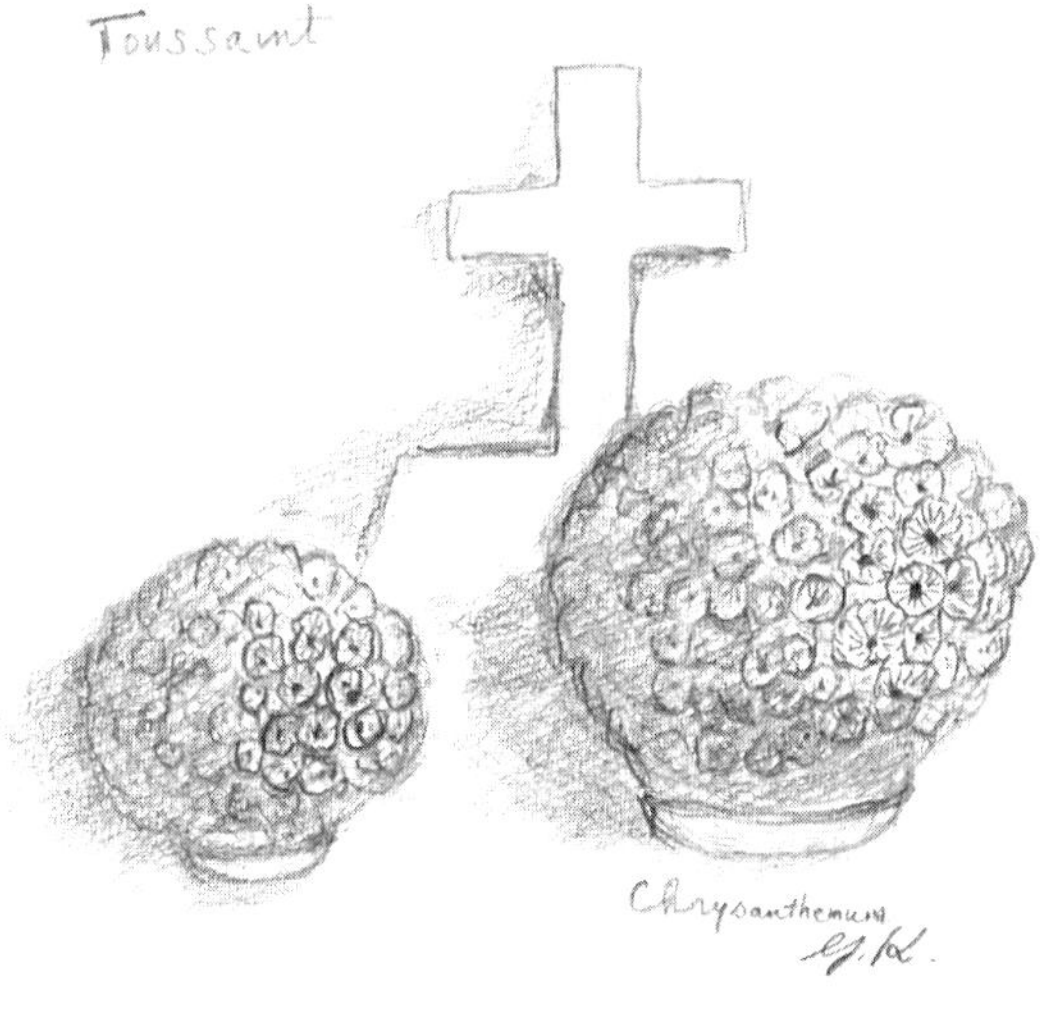

Toussaint　トゥサン（万聖節）

11月1日は万聖節、諸聖人の日（toussaint, all saints day）である。四世紀にキリスト教を国教としたローマ帝国は、七世紀初めに、これまでの殉教者の遺骨をローマ・パンテオンの地に新設した教会に移し、霊を祀った。それが11月1日。フランスなどカトリックの伝統が強いヨーロッパの国では祝日である。

前日はハロウィン、こちらは古代のケルト人が収穫を祭り、悪霊を追い払うドルドイド教の祭りである。ケルト暦では翌日から冬が始まる。

イギリスやアメリカでは子供たちが仮装して家々を回り、トリック・オア・トリートと叫びキャンディをもらう。私が住む町でも最近は街灯の柱にカボチャの飾りをつけ、小さな魔女たちが店でお菓子を貰う。

フランス人はケルト民族の末裔だが、この異教の祭りを祝う習慣はほとんどないようだ。パリでは、ハロウィンの翌日の万聖節や翌々日の「死者の日」に家族の墓に参り、花を供える人が見られた。菊が供えられることが多く、いわば日本の秋彼岸である。

＊

諸聖人と言われてもキリスト教徒でないとよくわからない。その数はカトリックが最も多く、ギリシャ正教やルター派、聖公会にも聖人はいる。友人の聖心出身のKさんは、聖パウロ女子修道会の聖人カレンダーを見るといいという。365日を守護する諸聖人の中から、ほぼ毎日一人を取り上げ、その一生と行いを要領よく紹介している。

聖人とされているのは、マリアやヨセフ、弟子や使徒たち、法皇を始めとする司祭、修道士、修道女などの様々な聖職者、それに王・王妃、貴族である。殉教者も少なくない。日本の関係では2月5日が二十六聖人殉教の日とされ、豊臣秀吉の時代に長崎で殉教したパウロ三木ら日本人信徒20人とスペイン人司祭など6人が、1862年に列聖された。ヴェトナムの司祭と同志殉教者計117人も聖人である。

ヨーロッパ人は聖人に因む名を持つ人が多い。聖人は個人を守護し、国や都市を守り、職業ごとに聖人がいる。聖マルティン（四世紀のトゥールの聖マルティウス）はフランク王国そしてのちのフランス、その他種々の都市を守っている。

聖ジュヌヴィエーヴはパリを守る。修道女だったジュヌヴィエーヴは五世紀にパりの人たちを励まし、武器を取らせ、フン族の侵入から都市を守った。その名がカルチエ・ラタンの丘についている。そこにはフランス革命の時代に建てられ、今は偉人廟として使われているパンテオンがあり、彼女の生涯を記す壁画が描かれている。

日本にはいくつものカトリックの修道会が経営する学校がある。妻や娘たちの出た学校はフランス系の修道院の経営。義理の息子M君が卒業した函館の高校も修道会の経営になる。この修道会は、カナダ・ケベック州との関係が深いが、元はフランスで十六世紀から十七世紀にかけて平民教育で活躍した司祭ラ・サールがローマに立てた。聖ラサールは教育者の守護聖人になっている。

ブリタニアの聖ウルスラは大陸に巡礼に出かけ、フン族の侵入の時にケルンで1万1千人の他の処女たちと共に犠牲になったとの話が残り、教育、特に女子教育者の守護聖人として長く崇敬されてきた。しかし、現在ではその歴史的存在が疑わしいとして、典礼暦から外されている。ウルスラ修道会が経営する学校も日本にある。看護婦養成や病院の世界でも修道院の設立になるところが少なくない。

＊

聖人ではないが、マリアンヌという女性名がフランスにある。この名は共和制と自由のシンボルとなっている。七月革命を描いたウジェーヌ・ドラクロワの「民衆を導く自由」の絵で中央に立ち、右に三色旗、左に銃をもち、三角のフリジア帽をかぶる女性がマリアンヌである。横で二丁の拳銃を持つ浮浪者の少年は、ヴィクトル・ユーゴーがガヴローシュとして「レ・ミゼラブル」に登場させた。ジャン・リュック・ゴダール監督の「気狂いピエロ」にも、魅力的で自由な女主人公マリアンヌが登場する。

パリでは、区庁舎でマリアンヌの胸像を目にすることがある。大統領が変わると、実在の女性をモデルにマリアンヌの横顔の切手を発行する。最初は女優のブリジット・バルドー、そしてミレーユ・マチュー、カトリーヌ・ドヌーブなどが続いている。今年3月に新しい切手「未来のマリアンヌ」が発行される。かつては金貨、今は10サンチーム・コインなどにも彫られている。

フランス政府はロゴにも使っている。縦にした青白赤の三色の、白の部分は髪をなびかせる女性の横顔が抜かれ、その下に自由・平等・博愛と三行ある。公式の広報文書につけられているようだ。大統領府ホームページのフランスの象徴という項目には旗、国歌、自由・平等・博愛、雄鶏、7月14日などとともにマリアンヌの説明がある。

英国では22年9月末のエリザベス二世女王の逝去後に、切手やコインに新しい国王チャールズ三世の顔を彫り、国歌は「女王」から「国王」への神の加護、に変わった。一方、フランスはマリアンヌを象徴とし、革命の時の歌を国歌にし、大統領がフランス万歳と国民向けの演説を締めくくる。

イギリスとフランスは、同じように主としてキリスト教徒の国民からなる民主主義国家だが、国の形は相当異なっている。

Un ,Vin ,Wagon-lit

アン（一つの）ヴァン（ワイン）ヴァゴン・リ（寝台列車）

辞書を見るとUVWは一つにまとめられ、スタンダール仏和は52ページを割く。UとWから始まる単語は少ないが、Vにはフランス語らしい単語がたくさんある。

＊

ここで一息つき飲み物の話をしたい。

Unは不定冠詞、英語のaでありoneである。unは男性の名詞に先立つが、女性名詞の前ではune、複数名詞の前だとdesになる。定冠詞にも男女複があり、さらに部分冠詞というものもある。

「アン・カフェ、シルブプレ」、コーヒーを頼むと、町のカフェでは小さなエクスプレス（イタリア語のエスプレッソ）が出てくる。茶色の角砂糖一つと場合によっては小さな板チョコもついている。二つだとドウ・カフェ、書くときにはsをつけるが、カフェの音は複数でも変わらない。

レストランでは最後にコーヒーは、と尋ねられる「スエテヴー・ドゥカフェ？」。このドゥ（du）は数えられないものの不特定の量を指す部分冠詞。いかにもフランス的で、パン（du pain）を食べる、ワイン（du vin）を飲む、勇気（du courage）がある、と使う。

何人かでの食事のあとのこと、一人は普通のコーヒー（日本でいうブレンド）がいいというので「アン・カフェ・アロンジェ」、そしてもう一人はカフェオレだから「アン・クレーム（普通は朝のものか？）」、奥様はお茶が好み「マダム・エイム・ルテ」なので、「ユーヌ・タース（一杯の）・ド・カモミール」とアンフュージオン（ハーブティ）を頼む。冠詞一つとっても、色々と使い分けがある。

ビールは数えられないので、部分名詞（de la）を使うと習うが、生ビールを頼む時は「ユーヌ・プレシオン」、小ジョッキは「アン・ドゥミ」と簡単にいう。ビールをレモネードで割った「アン・パナシェ」は、度数が低くゴルフの練習の後に向いている。ウイスキーだと、「アン・スコッチ、シルヴプレ」、アペリティブでスコッチを飲むフランス人も多い。ワインの場合は「アン・ヴェール（グラス一杯）」、シャンパンの時は「ユーヌ・クープ」という。

*

ワインはパリにいた時は安いものから高級なものまで幅広く飲んだ。ボルドー、ブルゴーニュのシャトー（醸造所）を何ヶ所か訪ね、シャンパーニュ、アルザス地方にも行った。ロワール、ローヌ、ラングドッグ、実に色々なところでワインがつくられ、それを飲む。深く味わうためには、まず葡萄の種類とその色、匂い、味わいを意識して感じる必要がある。取り入れの年（ヴィンテージ、ミレジム）はその年の気候と発酵の度合いを教えてくれる。ワイン・テイスティングの真似事をすると地方はある程度は当てられる。

しかし、「火打ち石のような匂い」「リンゴ、青葡萄のような爽やかさ」「カシス、赤スグリの味」「鉄、ミネラルの微かな味」「まろやかな味わいとかなりの渋み」「透きとおった、ルビーの赤色」「太陽を浴びた力強さ」という程度の評だけでは、シャトーや村の名前、取り入れ年までは当てられない。私の味覚や嗅覚は普通の人並なので努力しても限りがある。

フランス人の友人たちもほとんどはあまり詳しくない。結局、話をしながら楽しく飲むのがいい。

楽しみ方は人によって違う。ワインそのものの味が第一だが、産地の特徴やシャトーの歴史、ボルドーでは格付けを知ると楽しみがぐっと増す。ラベル（エチケット）

は注意深く読む。フランスワインは、多くの場合葡萄の銘柄が書いていない。ボルドーの赤は産地・シャトーによりカベルネ・ソーヴィニョンとメルローと何かが何%というように、決まっている。今ではネットで簡単に調べられるがそれを当てるのも面白い。

家で普段に飲むのは２０００円以下のもの、賞をとったものや新世界のものもたまに飲む。葡萄の品種が書いてあるものや最近のスクリューの栓は便利である。時たまデパートに行くと、少し良いものを買う。

娘が結婚した時は、シャトー・ラグランジュ（三級）のセカンドワイン（格付けはない）、レ・フィエフを披露宴で出してもらった。ボルドー地方サン・ジュリアンの赤ワインである。サントリーが１９８０年代に買収し、ぶどうを植え替えたシャトーである。

＊

Wはドゥブルヴェ（V二つ）と読む。それで始まる単語は極めて少なく、殆どが外来語である。水を指す単語は、英語はwater、ドイツ語はWasserといずれもWで始まるが、フランス語はeau（オ）、ラテン語のaqua（アクア）に近い。wはゲルマン語系で多く使われるようだ。

Wagon-lit（ヴァゴン・リ）は車両と寝台を組み合わせたフランス語。ベルギーに拠点を置いた国際寝台車（ワゴン・リ）会社は十九世紀の終わりから、パリ発でストラスブルグ、ウィーンを経て、イスタンブールへ直通列車を走らせた。豪華寝台車、食堂車と荷物車の組み合わせによる、いわゆるオリエント急行である。行き先はイタリアやギリシャ、さらにバルカン諸国へと広がった。

第二次大戦後は各国鉄道の二・三等車両に寝台車を繋げて運航していたが、1977年にワゴンリ社は鉄道事業から撤退し、やがて車内サービス会社になった。フランスのTGV東線（パリ－ストラスブルグ）開通や各国での鉄道網の整備・拡充により、料理やワインを楽しむ、ゆったりとした豪華寝台車での旅は過去のものとなったのだろうか。

その後もパリ・ヴェニス間に観光列車が走っているが、今年はオリンピックに合わせ、パリ・ウィーン間のオリエント・エクスプレスを復活させるとの嬉しいニュースに接している。

Yoshiko

ヨシコ

XYZは辞書では最後に一章にまとめられ、7ページしかない。本来のフランス語はXYZにほとんどない。外来語はフランス語を豊かにしているが、ここではフランス語の単語を選ばず、Y（イグレック）で始まる妻Yoshikoと過ごしたパリの思い出に触れたい。

1971年3月、トレイニーを終えてパリを離れた私はほっとした気持ちで、南回りで帰国の途についた。フランス貿易銀行で半年の研修が先方の都合により途中で打ち切りになり、BNPやロッチルト銀行でも研修を受けた。しかし飛び飛びの研修で得られたものは限られ、フランス語もあまり上達したと感じられなかった。冬の間は日が短く、暖房があまり効かない部屋で鬱々としていた。パリの世界に入りこめず、建物の壁を荒いタッチで描いた佐伯祐三のことを思ったりもした。次は、結婚してこようと思った。

Yは私の二つ年下。小学校から高校までカトリックの学校に通い、大学はフランス文学科を卒業した。ジロドゥを卒論に書いた縁でフランス現代劇をやる劇団の運営会社に入り、総務担当、代表の秘書もやっていたらしいが、過労でそこをやめた時期に私と出会った。中高のクラブ活動は放送部とバスケット部、大学でも放送研究会に属し、マイクの前に立ち、慶早戦の応援をする写真が残っている。Yの父は御典医の家系、軍医を経て戦後は世田谷で開業していた。

＊

70年代の終わりのパリでは、Yは二人の小さな娘の世話で忙しかった。着任した時は下の娘はまだバギーに乗っており、家具なしのアパルトマンのホールや廊下の電球がまだつかないうちに、私が出張し、心細い思いをさせた。東京では子供たちを定期的に医者に連れて行っていたが、次女は幸い、パリで矯正用のブーツを作ってもらえたし、やがて二人を学校に通わせ、生活のリズムができた。

Yは迎えの時などにお母さんたちと親しくなり、長女は何人かの誕生会に呼ばれ、またわが家にもお友達を呼んだ。ヴェロニックのお母さんとは気が合ったようだ。フランス人をご主人にもつ日本人の友人や前の家のマダムとも親しくなり、それぞれのノルマンディーのセカンドハウスに招かれたこともある。

当時は銀行からの出張者を自宅でもてなすことが多かった。前菜は煮たつぶ貝やタラマのクラッカー乗せ、海の幸を用意する程度だったが、フランス料理を習っていたYは、メインにはよくオーブンで肉を焼いた。所長宅にも来客があるとお手伝いに行った。

時々あったレセプションには、ベビーシッターを頼んで二人で外出した。シャンゼリゼ劇場の音楽会にYが独身の先輩とご一緒したこともあった。Yは卒業時の団体旅行で、一ヶ月をかけヨーロッパ各国を回っていたので、よその国にあまり関心を示さなかったが、ある時、娘二人にピーターパン像を見せると急に言い出し、さっとロンドンに行ったのには驚かされた。

Yの両親が2月に遊びにきた時は、公衆扶助博物館を案内し、医聖ヒポクラテスの像をパリ大学で探した。寒い時期の長距離飛行で父親が腰を痛め、しばらく心配が続いた。戻ってからはNHKの料理番組にアシスタントで出たり、赤ペン先生をやったりしていた。

90年台半ばのパリ滞在時は、初めは二人だけであった。後に次女が大学を休学し、ソルボンヌにやってき、台湾や韓国のお嬢さんが一緒のクラスにいた。自宅でのディナーも時々やったが、重要なお客さんの接待はレストランでやる時代になっていた。

自宅にはその後に寄っていただいたり、朝食をお出ししたりした。事務所は中近東を合わせると全員で八人に増えており、英仏二か国語での定期的な打ち合わせが必要になっていた。年末には全員を家族連れで招いたクリスマスパーティを我が家でやった。

アジア開発銀行や世界銀行の年次総会が開かれた時は、総裁がご夫妻でこられ、案内にYも加わった。言葉の通じるパリやニースはよかったが、マドリッドの時は街や言葉を知らないと嫌がられた。ミラノでの国際弁護士協会の大会では、私が講演者の一人でもあったので一緒に来て、会議の後に小型のフィアット・プントを借りてポルトフィーノまで足を伸ばした。

外地にはそれなりの悩みがある。商社のK氏夫人には、日本人会図書館での子供への「読み聞かせ」活動に誘われ、何かとアドバイスを貰っていたようだ。

夏休みには一人日本に残り医学部に通っていた娘が猫のロミーを連れて来仏、久しぶりに四人が揃い、フランス国内をドライブし、ローマにも行った。いい思い出が残っている。

前回より時間的余裕もできたようで、Yはフランスの菓子作りを習い、デッサンに通い、テニスもやり、美術書編集者のK氏などクラブの仲間や後輩、友人たちがパリにやってきた。ただ更年期のせいか、時折不調を訴えた。

帰国後は父方の出身地である長野で開かれたパラリンピックの通訳ヴォランティアを務め、フランス語を使ったアルバイトも行っていた。大学の時にハワイや東南アジアに母娘二人で旅行した娘たちもそれぞれ仕事につき、結婚した。親として一つの務めを終えた気がした。

母校に留学に来た理工系のフランス人大学院生にヴォランティアで日本文化を教え、大学祭のお手伝いやハイキング、テニスも楽しんでいた。そんな中で癌が発見され、手術をしたものの手遅れで２０１０年春に永眠した。

パリでの生活は、子供が小さい時代は忙しく、苦労もあったが、Yは言葉もそれなりにでき、二度、計五年間のパリ滞在を積極的に楽しんだように思う。私もおかげで健康でパリ生活を過ごせた。異国では夫婦二人が話し合い、助け合う場面が少なくなかったし、ヴァカンスや週末に旅行もした。

将来もう少し時間ができたら、いつかパリでのことを二人で振り返ろうと話していたが、結局十数年経ってから私一人で思い出を書くことになった。

Et d'autres 1

Banlieue / Normandie

補遺1（バンリュー、郊外）／（ノルマンディー）

いわゆる「パリ」は一般にはペリフェリック（旧市を囲んでいた城壁。今はその跡が高速環状道路となっている）の内側の二十の（行政）区であるパリ市を意味する。その外はパリ市外、つまり郊外ということになる。そうした郊外の町（あるいは都市）はそれぞれの県、例えばパリの北東はセーヌ・サンドニ県に属し、行政上はコミューンと呼ばれる。

郊外（バンリュー）というと、近年では公営アパートに住む移民が麻薬や犯罪に関わり、街中で暴動を起こすなど、治安の悪さがよく報道される。勿論そうでないところが多い。サンジェルマン・アン・レイやヴェルサイユのように城や大きな森（foret）があり、一軒家を中心に落ち着いた、豊かな歴史のある高級な地域もある。

シャンゼリゼから北西に伸びる大通りは凱旋門とマイヨー門を通り過ぎると、オ・ド・セーヌ県の高級住宅地のヌイイを通り、セーヌ川を渡ると新都心のデファンスに入る。さらに大学町ナンテール（１９６８年五月革命の発祥地）を通り過ぎると、リュエイユ・マルメゾンの町につく。

ここにはナポレオンが一時統領政府を置き、皇后ジョゼフィーヌが離婚された後も亡くなるまで住んだ宮殿がある。古代エジプトに想を得たアンピール（帝政）様式の家具で揃えられ、バラなど植栽が豊かな庭園を散策できる。仕事で関係のあった大手建設会社ヴァンシの本社もこの町にある。

橋を渡るとシャトゥ島である。セーヌ川沿いに立つ一軒家は昔のレストラン、ルノワールが「舟遊びをする人々の昼食」で描いたメゾン・フルネーズである。今は美術館になっており、「床を削る職人」「セーヌでのボート遊び」「雨のパリ風景」などで知られるカイユボットの展覧会はここでみた。

少し上流のアルジャンティーユからシャトゥそして下流のブージバルのあたりは、十九世紀半ばから二十世紀初めにかけてパリから舟や鉄道で来て（1820年代にシャトゥまでの鉄道が完成、翌年にはサンジェルマン・アン・レイまで伸びた）、ヨットやボートなど水遊びをし、食事を楽しむ人たちで賑わった。ベル・エポックの時代である。モネ、ルノワール、ピサロ、シスレーなど印象派の画家たちはそれを描き、モーパッサンが作品を書いた。その後パリの郊外には工場がたち、川遊びは衰えたが、私が訪れた頃は自然がかなり残っていた。

少し先にゴルフのショート・コースと小さな練習場がある。予定のない土曜の午前中は、車で30分強のここに来て、ボールを打って、パナシェを一、二杯飲み、帰ることが多かった。秋も遅くなると、葉が落ち、木の下がぬかるみ、プレーをする人はゴム長のようなものを履いていた。

＊

パリからもう少し遠く、30〜50キロ前後、1時間一寸外に出ると、幾つもの大きな森や美しい城があり、それらを結ぶと首飾りの形になる。多くはパリと七つの県からなるイル・ド・フランス地方（地域圏）に属し、郊外というより、パリの周囲（autour）という表現が相応しい。

北の方ではオ・ド・セーヌ地方だが、オワーズ県のシャンティイがよく知られる。競馬場や厩舎・トレーニング・センターがあり、森や町中で馬に乗る人を頻繁に見かける。瀟洒なお城にはコンデ美術館が置かれ、中世の『ベリー公のいとも豪華なる時祷書』の写本が見られる。

濃厚なホイップ・クリームはこの地の名物、それをかけた苺が美味しい。週末の家族での散策（Balade）やパリ勤務を離れたI氏が再訪を望み、一緒に行ったことが思い出される。饗庭孝男『フランス四季暦』の「シャンティイの館」はこの辺りの魅力をよく伝える。ガロ・ロマン時代に小さな城が立ち、その後要塞が作られ、そして大貴族のモンモランシー家やコンデ家が城に住んだ。

前述のマルメゾンは北欧のノルマン人（デーン人、ヴァイキング）が九世紀終わりにセーヌ川を上り、侵入・略奪した場所である。サンジェルマン・アン・レイにはルイ十四世がヴェルサイユ宮殿に移るまで住み、英国王チャールズ二世が清教徒革命を逃れて、住んだこともある。中世から近世の歴史が残る。

近くにはロワイヨモン修道院が静寂の中に立つ。十三世紀にカペー王家の命で建てられたシトー派の大修道院の跡であり、フランス王家の墓はパリ郊外のサン・ドニ教会に移される前はここにあった。ジャン・ジャック・ルソーが散策したエルムノンビルの森やルネサンス美術館があるエクアン城も近い。

南の方のセーヌ・エ・マルヌ県には幾何学的な庭園のヴォー・ル・ヴィコント城や前に触れたフォンテーヌブローの城と森、近くにバルビゾン村もある。

＊

セーヌ川の下流は蛇行を何回も繰り返し、やがては英仏海峡に達する。あたりは進出してきたノルマン人の定住の地、ノルマンディーと呼ばれる。河口から少し入ったルーアンが中心であり、中世に大聖堂が建てられ、百年戦争の時にはジャンヌ・ダルクが英国軍にとらわれ、そこで火刑になった。早くから繊維産業が栄え、この地方で生まれたフローベルの『ボヴァリー夫人』やモーパッサンの『女の一生』の舞台である。

河口のあたりには大西洋岸最大のル・アーブル港があり、リゾート地が点在し、映画『男と女』に登場するドーヴィルはホテル、カジノ、競馬場が人を集める。エトルタの切り立った白い断崖の先は英仏海峡、遠くその先にはイギリス側の断崖がある。

1840年代にパリからの鉄道がルーアン、そしてル・アーブル、ドーヴィルまで開通し、パリから多くの人々が訪れるようになった。

イギリスとの航路も設けられた。港町オンフルールはかつて北大西洋への探検の基地にもなり十九世紀半ば以降、ブーダンを始め、のちに印象派として活躍する画家たちが屋外にキャンバスを立てた。ピカソやブラックもやってきた。一帯には林檎の木が多く、林檎を原料とするシードル酒や蒸留酒カルヴァドスが美味しい。

クロード・モネは連作でルーアン大聖堂やノルマンディーへの出発駅であるパリのサンラザール駅を描いた。パリの人々は歴史があり、イギリスとの交流もあり、海岸があるこの地方に憧れた。そこにセカンドハウスを持ち、週末はそこで過ごすパリジャンやパリジェンヌは今でも多い。

河口の西側は1944年6月に連合軍が奇襲上陸したオマハ・ビーチなどがあり、コタンタン半島にかけドイツ軍との間で激しい戦闘があった戦場でもある。

Et d’autres 2

Projet / Moraliste / Espérance

補遺2（プロジェ、投企）／（モラリスト）／（エスペランス、希望）

フランスで出会った言葉を中心に書いてきたが、逆に学生時代に知り、フランスらしいと思う単語で、パリ滞在中にはあまりお目にかからなかったものもある。最後にそれらに触れよう。

一つはProjet（プロジェ）、英語のProject である。（事業などの）企画や計画の意では頻繁に見たり、使ったりし、草案の意では予算案、法律案などが新聞記事に出る。しかし「投企」の意味で使われるProjetにはあまり遭遇しなかった。

辞典はいくつかの日本語を充てており、その一つに哲学用語「投企」がある。ハイデッガーやサルトルが使った言葉で、人間は存在（実存）することで価値があり、サルトルによれば、自分を行動などで主体的に形成し、自己責任のもとで生きていくことを指す。サルトルが実存主義の基本的な概念として示し、自らを拘束し、社会・政治活動に参加するアンガジェ（engagé、名詞はengagementアンガージュマン）とも結びついた概念である（『実存主義はヒューマニズムである』）。

大著『存在と無』を読破し、サルトルを研究し、パリに留学した友人Kと大学都市で会い、講演に来るサルトルへの質問者になったと聞いたのは、1970年の11月である。その数年後にサルトルは失明し、80年に死亡する。カミュと決別し、ソ連、のちには中国の共産主義に強く傾斜したこの作家・哲学者の思想に現代フランス社会は関心を失ったようにみえるがどうだろうか。投企をすること、実存の重要性は変わらない。

＊

二つ目はMoraliste（モラリスト）である。道徳家という一般的な意味や軽蔑をこめた使い方以上に、この言葉には人間に強い関心を持った近世、十六世紀から十八世紀にかけてのフランスの哲学者・文学者たちという意味がある。彼らは、人間のありようや感情・行動を観察し、人生の処し方につき考察をした。

手元のスタンダール辞典は「人間の生き方（人間性）探求者（批判家）」、ロベール仏和大辞典は「人間研究家」、「人性論者」の訳を当てている。いずれも日本語としてこなれていないが、それだけ一般の日本人には縁が遠いコンセプトということであろう。

F・ストロウスキー著『フランスの知慧（La Sagesse Française）』（岩波現代叢書）

は、モンテーニュ、ラ・ロシュフーコー、デ・サール、デカルト、パスカルの五人を主に取り上げ論じている。著者によれば、モラリストは、「個人について人間心理を、社会について風俗習慣を研究し、その場合あくまで社会における一個の人間としての自己のあり方を通じて、生活基準としての倫理道徳を探究する」。この五人の思想や著述のスタイルにはそれぞれに違いがあり、ギリシャ・ローマの古典が引かれ、宗教論や科学・数学への言及もあるなど、日本語訳でもなかなか頭に入らない。

著者は、パスカルが人は社会的身分と自然的身分を有し、表面的には社会的地位を尊重せねばならないが、内面的には人に優劣はない、とする論を紹介する。これを私流に発展させれば、（権）力、芸術、宗教、日々の営み、それぞれの世界で人は異なる価値観のもとで生きており、それぞれの場で考え、行動し、感情をもつことで、他者に妨げられずに豊かに生きられる。そこにフランスの知恵があるということであろう。ボンサンス（良識）をそこに付け加えてもよい。

フランスの十六世紀は人間性が開花したルネサンスの時代―イタリアではそれに先立ち、古代に範をとったユマニスムが起こった―であったが、後半はカトリックとプロテスタント（フランスではユグノーという）との宗教・政治対立が激しくなった。流血の宗教戦争が起り、ルイ十四世の勅令によりプロテスタントが国を追い出されもした。堀田善衛『ミッシェル、城館の人』などを読むと、モンテーニュもラ・ロシュフーコーも自らの周辺の状況変化に対応しつつ、悩みながらも柔軟かつしなやかに行動をする。

ストロウスキー教授がアメリカのコロンビア大学で行った講義を翻訳したこの本は戦後間もない1951年発行、数年前にたまたま入手したフランス語版古本には著者のサインが入っている。

現代のフランス人がどこまでモラリストたることを意識し、行動しているかは不明だが、リセ（高校）での哲学教育は続き、これらの作者の著作は読み継がれている。フランス人と会話し、フランスの小説や映画に接すると、それぞれの人間が自らの判断で、異った生き方をすることへの関心が強い。

＊

第三はEspérance（エスペランス、希望・期待）である。リセの哲学教師であったアランは『定義集（原著は1925年出版）』の中で、Espéranceは一種の信仰、あるいは一種の意志的な信念であり、やがて正義と善良さに場所を譲るとしている。仏和辞書には「望」の意で、信と愛とともにキリスト教の三つの徳をなすともある。

この本の訳者である森有正氏は、Espéranceを希望、日常的に使われるEspoir（エスポワール）を期待と訳し分けている。アランの時代から一世紀がすでに経つ現在、それほどはっきりとした違いがあるのかどうか。

英語だと希望・期待はExpectationかHope、前者は強く、後者は軽いようにみえる。アンドレ・マルローのスペイン内戦での国際義勇軍を扱ったドキュメンタリー風小説の題名は『Espoir（希望）』である。同世代のフランス人Dさんは、はっきりと違いがあり、エスペランスは精神の問題であり、エスポワールはむしろ物質的であるという。

アランは別の幸福を論じた本の中で「悲観主義は気分に属し、楽観主義は意志に属する」ともいっている。意志的な信念たる希望は人生を処する際の強い力となる。

ここであげた三つの言葉は思想や文学に係わるところが多く、私の仕事分野や日常生活の範囲ではあまり遭遇することがなかった。しかしこれらの言葉はフランスやフランス人を理解し、人生を考えていく時のヒントになる。

パリに長く暮らし、ヨーロッパやフランスについて書いた私より少し年上の人たち、例えば松原秀一、保苅瑞穂、山口昌子、村上香住子といった人たち——昔パリで小机を譲っていただいた犬養道子さんも加えたい——は、どんな単語や言葉を用いてフランスやパリの特性や魅力を把握したのだろうか。

モンテーニュやヴァレリーを原文でゆっくり読むのもいいが、正直なところ日本人のエッセイを読む方が手軽に読書を楽しめる。フランスに関心を持つ友人たちと各々が持っている「単語帳」について会話するのもよいだろう。

Et d’autres 3

Fance d’aujourd’hui

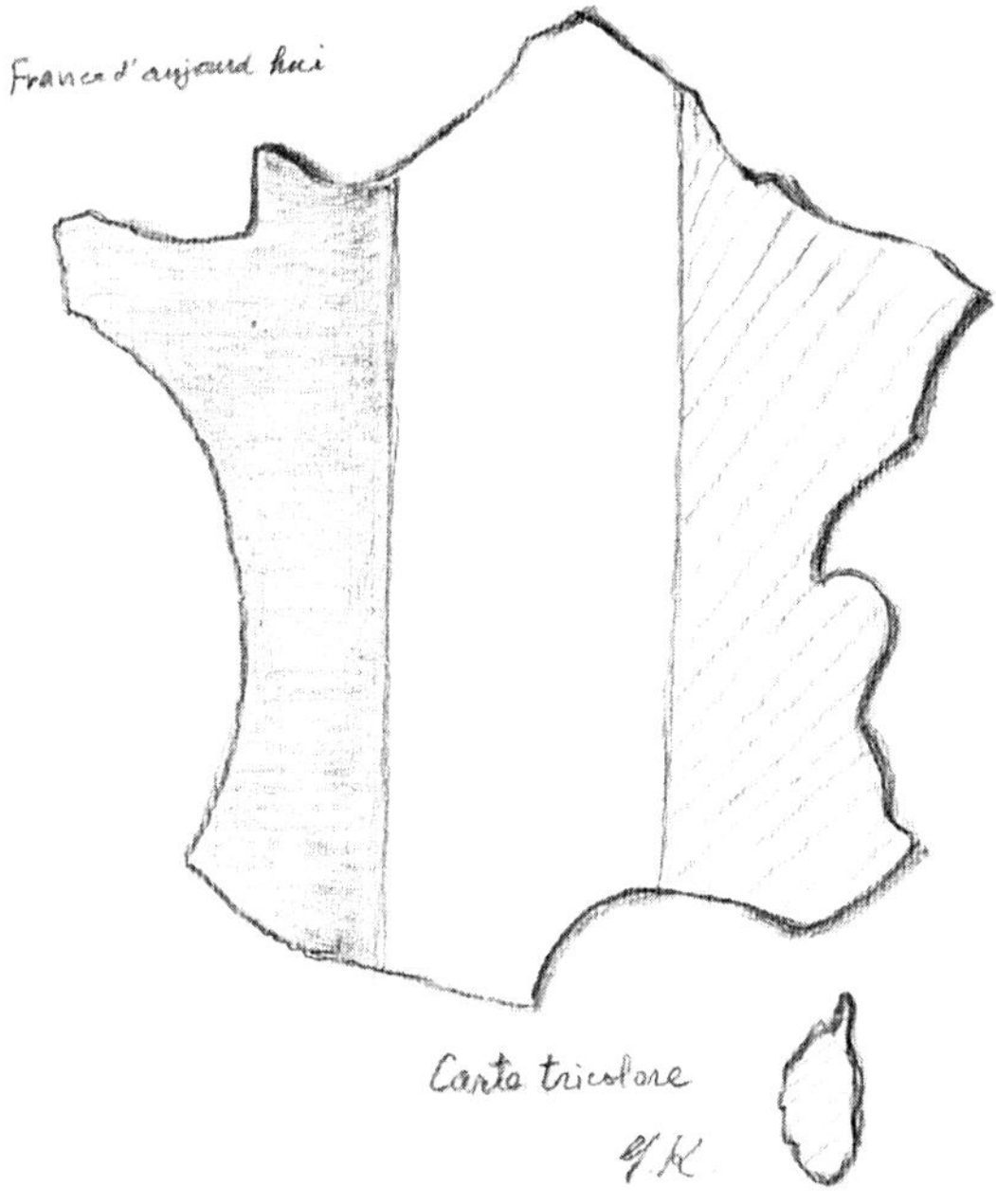

補遺3（フランスの今日）

ここまでかなり昔の個人的な経験を取り上げ、時々現代のことに触れてきた。本書を締めくくるにあたり、最近のフランスはどういう状況なのか。経済・社会面を中心に、少し長くなるが統計や数字を使って紹介したい。

まず国土。ヨーロッパに属するほぼ六角形とコルシカ島（いわゆる本土）の面積は54万平方キロ、日本の一・四倍である。他にレ・ユニオン、ニュー・カレドニアなど十三の海外県・海外領土があり、これらを加えると67万平方キロである。こうしたインド洋や太平洋の島々の保有により、フランスは世界第二位の排他的経済海域を持つ海洋大国となっている（第一位は米国、三〜五位はオーストラリア、ロシア、英国。日本は六位）。インド・太平洋の安全確保に関して、近年はフランスと日本の協力が強化されている。

次に人口である。フランス政府（国立統計経済研究所、ＩＮＳＥＥ）統計によれば、２０２４年初の時点で68・4百万人。日本のほぼ半分である。うち、ヨーロッパ本土に66・1百万人、海外県・海外領土に2・2百万人である。

私が初めてフランスに行った１９７０年の時点では、フランスの人口は51百万人だった。その頃から人口は毎年増加し、現在、ＥＵ27か国の中では、ドイツ（１９９０年に東西ドイツが再統一し、83百万人）に次ぐ第二位の人口を誇っている。イギリス（67百万人）とはほぼ同規模。人口が減少しているイタリア（60百万人）との差は広がっている。

女性一人当たりの出生率は２００７年以降上昇し、一時は２％を超えた。人口減少に悩む日本はフランスの手厚い家族手当（第三子への手当）や特に育児と仕事の両立支援といった政策を研究し、その導入を図っている。

しかし、15年以降、フランスの出生率は再び低下傾向を見せ、人口増加率は近年イギリスを下回っている。イギリスの人口は将来ドイツを追い越すのに対し、フランスはやがて人口減少が起きるとの推計もある。それでも最近の１・80（20年と22年実績）という出生率はＥＵ域内では最も高い。23年は１・68に下がったが、日本の22年１・26とはずいぶん差がある。

この数年はCOVID-19の影響で不規則な動きがみられるが、年間の結婚数が減少する中で、１９９９年に制度化された法的保護を受ける異性間の契約婚（Pacs、パクス、パートナーシップ契約）の数が増加し、次第に結婚の数に接近していることが注目される。この影響もあり、婚外子の割合が65％に達している。フランスの人口増加は移民による部分が自然増（出生―死亡）を大きく上回っている。

＊

経済力をGDPで見てみよう。フランスはこのところ世界第七位、G7の中では米独日英に次ぐ。ドル換算の一人当たりGDP（世界銀行調べ）は2022年時点で約41千ドル、ほぼ毎年増加しているが、OECD加盟38ヵ国の中では順位が低下の傾向にあり、今では中位、十九位に位置する。

OECD平均の43千ドルを2千ドル下回り、米国（五位、76千ドル）との差は拡がり、フランス人の平均的な所得は今やアメリカ人の六割に満たない。ドイツ（十六位、48千ドル）や英国（十八位、46千ドル）にも差をつけられている。

一方、フランスの下にいるイタリア（二十位、35千ドル）や、それに続く日本（二十一位、34千ドル）や韓国（32千ドル）と比べると差はまだかなりあるという状況である。

一人当たりGDPがかつてほぼ等しかったアメリカに大きく引き離され、ドイツとの差が開いていることを、多くのフランス人は国の経済力や国力の衰退・低下と捉え、改革の必要性がたびたび唱えられ、大統領が変わると改革案が諮問される。地位低下という点では日本も同様だが、フランスの方が危機感が強く見え、「前は良かった（C'était mieux avant）」とする層が増えている。

２０２３年秋のIpsos-Sopra Steriaの世論調査『フランスの分断』によると、回答者の82％がフランスは衰退しているとし、五割は衰退を元に戻せないと回答している。これら二つの比率はこの五年で上昇している。中道派支持者の三分の一、そして共和党・社会党と国民連合（極右政党、ＲＮ）支持者の半数が回復困難と見ており、元に戻せるとするのは全体の三分の一弱である。（２０２３・10・10付のル・モンド紙の記事参照）。

米ドルに換算しての比較は、自国通貨の為替レートの変動に大きく左右されるので、エコノミストは国ごとの物価水準を反映したＰＰＰ（購買力平価）を用いる。それだと、フランスは十六位になり、十七位の英国を上回る。

労働の生産性・効率性という点では、労働時間一時間あたりのＧＤＰのデータが使われる。それによると、フランスは十二位に浮上する（アメリカは八位、ドイツは九位、日本は二十八位)。フランスのように少なく働き、余暇を享受しながら多くを生産していることは評価され、誇れる点である。

ただ他方で、国民がもっと働けば、より大きなＧＤＰを生み出せ、国や国民がより豊かになるとも言える。フランスではピーク時に10％台だった失業率が近年７％台に下がってきたとはいえ、若者(15〜24歳)の失業率が相当高く(18％台)、雇用を創出し、失業率を更に下げることが依然として課題である。

＊

政府の年金制度改革案(支給開始年令を62歳から64歳へ段階的に引き上げる)に対して、昨年初めから過去最大(内務省発表で百万人超が複数回あった)かつ数ヶ月にわたる激しいデモや反対運動が全国に広がり、パリなどでは商店の掠奪が起きた。この背景には早く仕事を辞め、年金生活を楽しみたいというフランス人の志向がある。それはシニア層(60〜64歳)の労働参加率が他国より低い(38％)という数字にも表れている。

来日したフランスの産業・労働界中堅幹部ミッションと意見交換する機会があったが、日本では年金の支給額が低く、老後の生活不安や暇を持て余し定年後も働きたい人が多いと話すと首を傾げていた。財政の観点から他国並みに支給開始年齢を引き上げること（マクロン大統領の選挙公約でもある）にここまで抵抗をするのは日本では考えにくいが、フランスの社会は日本以上に歳をとると引退するのが当然視されているように感じる。大統領が46歳、新しい首相が34歳の国である。

いずれにしても、PPPの推定や労働時間の正確な把握に伴う難しさを勘案すると、生産性に関する数字や順位をあまり重視すべきではなく、他方でドル建ての一人当たりGDPの数字だけを見て悲観すべきではないであろう。

そもそも国民の生活の豊かさ（質と言っても良い）は所得の多寡だけでは測れない。フランスは早くからそうした主張をしてきた。金銭的な豊かさという点では、所得だけでなく資産の保有や相続が大きく関連する。雇用の安定、教育の機会と質、住居の広さ、医療の水準、空気・水などの環境の良さ、個人の安全の高さ、コミュニティとのつながり、政治への参加、仕事と生活の両立（ワーク・ライフ・バランス）、さらに主観的な満足度など多岐にわたる要素が関わる。また、格差や不平等が拡大し、固定化するなど社会に流動性が少ないと国民の不満が高まる。

OECDはこれら十一の要素を勘案した主要40カ国のベター・ライフ指数（評点

はそれぞれ0から10）を発表している。22年版の指数によりフランスと日本を比較すると、所得や住宅の評点はあまり違わないが、フランスはコミュニティとのつながりやワーク・ライフ・バランスが高いのに対し、日本は雇用や教育で優っている。一般的な満足度ではフランスはほぼ中位（6・1）に対して、日本はむしろ下位（4・1）となっている。不平等度を示すジニ係数は、フランス（0・31）が平均以下、一方日本（0・33）は少し高い。

自分が住み、感じたパリやフランスでの生活をこうした指標で客観化するのは有意義だが、人が生活に置く重点はそれぞれに異なり、こうした数字だけでの比較には限界があろう。自然が周囲にあり、買物に便利で文化的な活動も盛んで、生き生きとした国際的な都市であるパリは、指標では表わせない大きな魅力を持っている。

＊

ＰＩＳＡ２０２２の結果が昨年12月に発表され、多くの国で話題になっている。ＰＩＳＡは15歳の学生を対象に、読解力、数学的リテラシー、科学的リテラシーの三分野についてＯＥＣＤが三年ごとに行う国際的な学力検査（学習到達度調査）である。今回はかなりの数の新興国や開発途上国を加え、参加国が78カ国にまで増えた。

日本は三科目のいずれでも上位五位以内に入り（トップは全てシンガポール）、台湾、韓国、マカオが日本とほぼ拮抗（2022年は、トップクラスの中国・上海が不参加）。それに対し、フランスは三分野のいずれにおいても順位を下げ、二十位台後半である。

この結果に対し、フランスでは公教育制度の問題が露呈したとの論調が見られる。社会の格差が固定化し、貧しい層や生活に余裕がない層（移民の家庭が多い）は子供に質の低い教育しか与えられず、中等教育段階でのドロップアウトが多い。近年は休みをとる教員の代替の不足も問題視されている。またその上の高等教育の段階では、高校卒業資格＝大学入学資格（バカロレア合格）だけで、追加的な入試選抜をせずに学生を受け入れる国立大学のレベルが低いことも指摘されている。

一方、通常二年間の準備課程を経た上、入学時の選抜が厳しいグランゼコールで受けるエリート教育の質は高い。マネージメント分野では企業研修が義務付けられ、二年目と三年目の間にギャップイヤーをとる学生が多い。企業での経験がある学生にはＭＢＡコースもあり、今や英語で修士号を取ることが一般化している。私が仕事を通じて接した多くの官僚や企業の中・上級幹部はENAやシアンスポ、HEC、ESSECなどの出身者が多く、グローバルな視野を持ち、表現力、理解力にも長けていた。多様性を重視したフランスのグランゼコールは国際的にも評価が高い。

従来から数学やエンジニアリングの水準が高いとされてきたフランスだが、最近では理数系のSTEM教育、特に女子に対する数学教育が不十分とも言われている（ノーベル経済学賞受賞のジャン・チロル教授のインタビュー記事、エクスプレス誌2023・12・12号参照）。

フランスではENA（国立行政学院）などのグランゼコール出身者が官界のみならず政界や大企業の中枢を担っている。圧倒的に多くの大統領がENA出身であり、上級公務員の質の高さは国際的にも認められている。国際機関のトップも多く輩出している。

しかし政府全般を見ると、財政赤字が慢性的に続き、近年はコロナ対策やウクライナへのロシアの侵攻などにより赤字の拡大、政府債務の急膨張が生じ、インフレと金利上昇の中で財政負担が増している。政府部門の効率性は必ずしも高いといえないだろう。

近年スタートアップ企業の育成は進んでいるが、他方でR&D投資の比率が他国に比べ低いなど、成長のための投資やイノベーションの面でも課題があると見られている。ITや薬品などのテクノロジー分野での遅れも見られる。

＊

フランスにはいくつもの強みがある。鉄道・道路のインフラの水準は他の国を上回り、老朽化も進んでいるが原子力発電を中心に電力事情も良い。製造業は自動車、航空機、兵器、化学など一通り揃い、エネルギー、インフラ・サービス、ブランドの消費財も含めてグローバルに活動し、競争力が高い企業の数は少なくない。日本よりも多い。

政府は脱炭素やデジタル化などで明確な方向性を持った政策を示し、昔から産業政策を活用して、チャンピオン企業を育成・支援している。

長期的な政策については、マクロン大統領の諮問に応じ、前述のチロル教授とブランシャール元IMFチーフエコノミストが率いた二十四人のエコノミストによる審議・検討を経た報告書が2022年10月に発表された。地球環境、人口問題、社会における格差の三分野についてマクロン政権第二期の政策課題と経済学的な処方策が示されている。

COVID-19からの回復はドイツやイギリスに比べ目下のところ順調で、観光などサービス産業や個人消費が緩やかな成長を支えている。前述した年金支給年齢の引き上げに関しては昨年4月に大統領が法律に署名し、実現に踏み切った成果が今後財政面で徐々に現れてこよう。

マクロン大統領は2017年4月に選出されてから労働時間の規制や失業保険の面で改革を進め、フランスの問題点であった労働コストの高さや雇用・解雇における硬直性は是正されつつある。海外投資受け入れの面でもフランスは英国、ドイツを抑え、欧州ではトップとなっている。

しかし、大統領就任から一年半後の18年11月からジレ・ジョーヌ（黄色のベスト）運動が全土に広がった。環境政策の一環としてのガソリン税引き上げ案への国民の広い層による反対運動は、自動車に大きく依存する地方への配慮不足、パリでのトップダウンでの国民の声を軽視した決定に対するフランス社会の不満の大きさを世界に示した。ドゴール大統領の下で1958年に始まった第五共和制は大統領や政府の権限が極めて強い。グランゼコール出身の高級官僚を中心とした「テクノクラート」主導が国民の生活格差拡大と結びつき、政治批判を広げたとも言われている。どこに問題の源があるのだろうか、古くは『フランス病』(アラン・ペールフィット)、最近では『What ails France』(ブリット・グランヴィル)など何人もの論者がフランス社会の歴史的かつ構造的な問題を指摘している。近現代史家ミッシェル・ヴィノックも絶対王政、フランス革命、ヴィシー政権などの歴史が及ぼしている影響を強調している(『フランスの肖像』)

その後22年4月にマクロン大統領は再選され、まもなく任期の半分がたつが、第二期では支持母体の中道派政党を中心とする与党連合が国民議会(下院)選挙で過半数を割り、上院では共和党が引き続き第1党になっている。このため、重要法案についてはその都度多数派の形成が必要となるが、それが難しいと、政府が憲法に基づき強制的に採択する。こうして政治的に不安定な状況が生じやすくなっている。

*

人種などの多様性はフランスの文化や社会が持つ魅力の一つである。フランスは二十世紀初めから移民(外国人)を大量に受け入れ、国の成長・発展につなげた長い歴史を有する。最近はシリア、ウクライナを始めとする実績の少ない国からの難民が増加している。

しかしイスラム諸国からの移民は従来のカトリックのヨーロッパからの移民とは異なり、宗教面で同化するのが難しいと指摘されている。経済的には移民の労働力が求められ、若い層を中心に受け入れを認める声も小さくはないが、近年は保守層や国民連合支持者を中心に難民受け入れに否定的な層が増えているようだ。

目下のフランスの課題は、労働力不足に対応した受け入れと同時に移民の新規入国を抑制することである。昨年12月中旬には政府原案が右派左派の反対で下院で否決されたが、抑制を強める内容への修正（国籍付与や医療保険適用に関わる要件の強化）が両院で行われ、新しい「移民法案」が通過した。

移民の受け入れ規制は、ドイツ、イギリス、米国でも非常に大きな政治問題になっており、多くの国で規制強化の動きが高まり、現下の世界的な課題と言える。

移民の子供や孫に失業者が多く、生活水準が低いことも良く知られている。教育の現場はすでに大きく変化している。他方でかつての移民（外国人）を先祖に持つ人たちの間から大統領はじめ首相など重要閣僚を輩出、スポーツや芸術の面での活躍が見られる。

宗教の面でもフランス社会は急速に変化している。最近は、フランス人の成人（18～59歳）の51％が「宗教を持たない」と回答している。特に移民出身でないフランス人が宗教を持たなくなっている。

信仰する宗教については、最も多いカトリックは29％まで比率を下げ（11年前は半分を超えていた）、一方イスラム教は10％に増え、プロテスタントにユダヤ教、仏教などを合わせた「その他」も9％と比率を上げている。

定期的に教会に行くのはカトリックでは8％にすぎない。イスラム教やユダヤ教ではモスクやシナゴーグに行き、礼拝に参加する信者の比率がもう少し高い。

フランスは二十世紀初頭以来宗教と国家の分離（ライシテ、宗教は個人の領域に属するものとする）を共和制の柱としてきた。その中でカトリックが国民の大宗を占め、いろいろな形でカトリックの価値観や慣習、文化が社会に深く浸透している。次第に拡大する別の価値観や慣習との並立が求められ、多文化共存がかなり進んでいる。異なる文化や宗教のバックグランドに育った移民がフランスの社会に深く根付くには、受け入れ側、移民側双方の大きな努力が必要であろう。

以上、いくつかの点につきフランスの現状を見てきたが、日本が置かれた状況や抱える課題、そして今後必要となる道筋はフランスと共通するところが少なくない。フランスをよく知ることは、広く、多くの国、特に日本についての理解を高める（フランス語でいうSensibiliserサンシビリゼ）ことにつながるであろう。

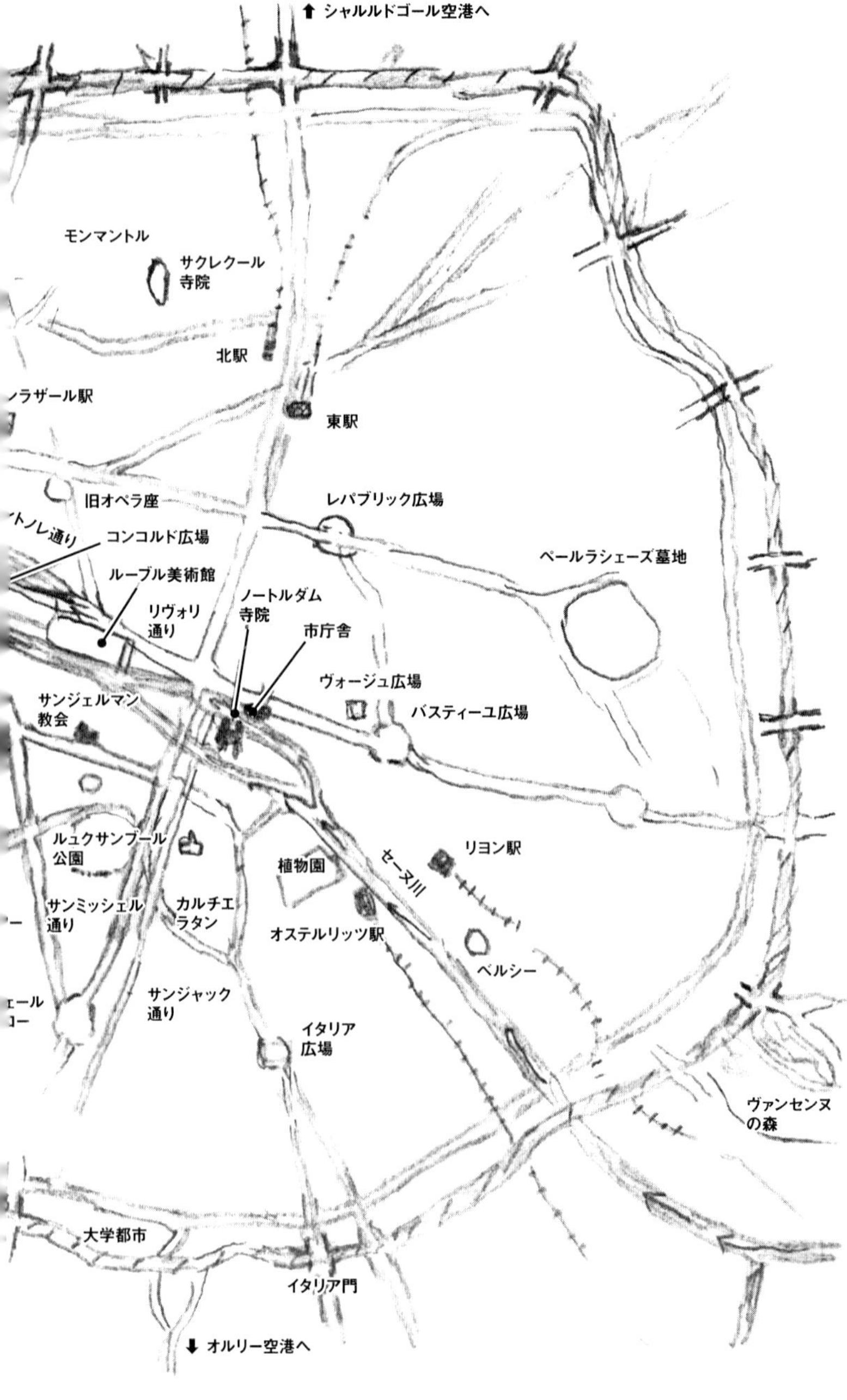
シャルルドゴール空港へ
モンマントル
サクレクール
寺院
北駅
ンラザール駅
東駅
旧オペラ座
レパブリック広場
トノレ通り
コンコルド広場
ペールラシェーズ墓地
ルーブル美術館
リヴォリ
通り
ノートルダム
寺院
市庁舎
ヴォージュ広場
サンジェルマン
教会
バスティーユ広場
ルュクサンブール
公園
リヨン駅
植物園
セーヌ川
サンミッシェル
通り
カルチエ
ラタン
オステルリッツ駅
ベルシー
ェール
サンジャック
通り
イタリア
広場
ヴァンセンヌ
の森
大学都市
イタリア門
オルリー空港へ

パリの地図

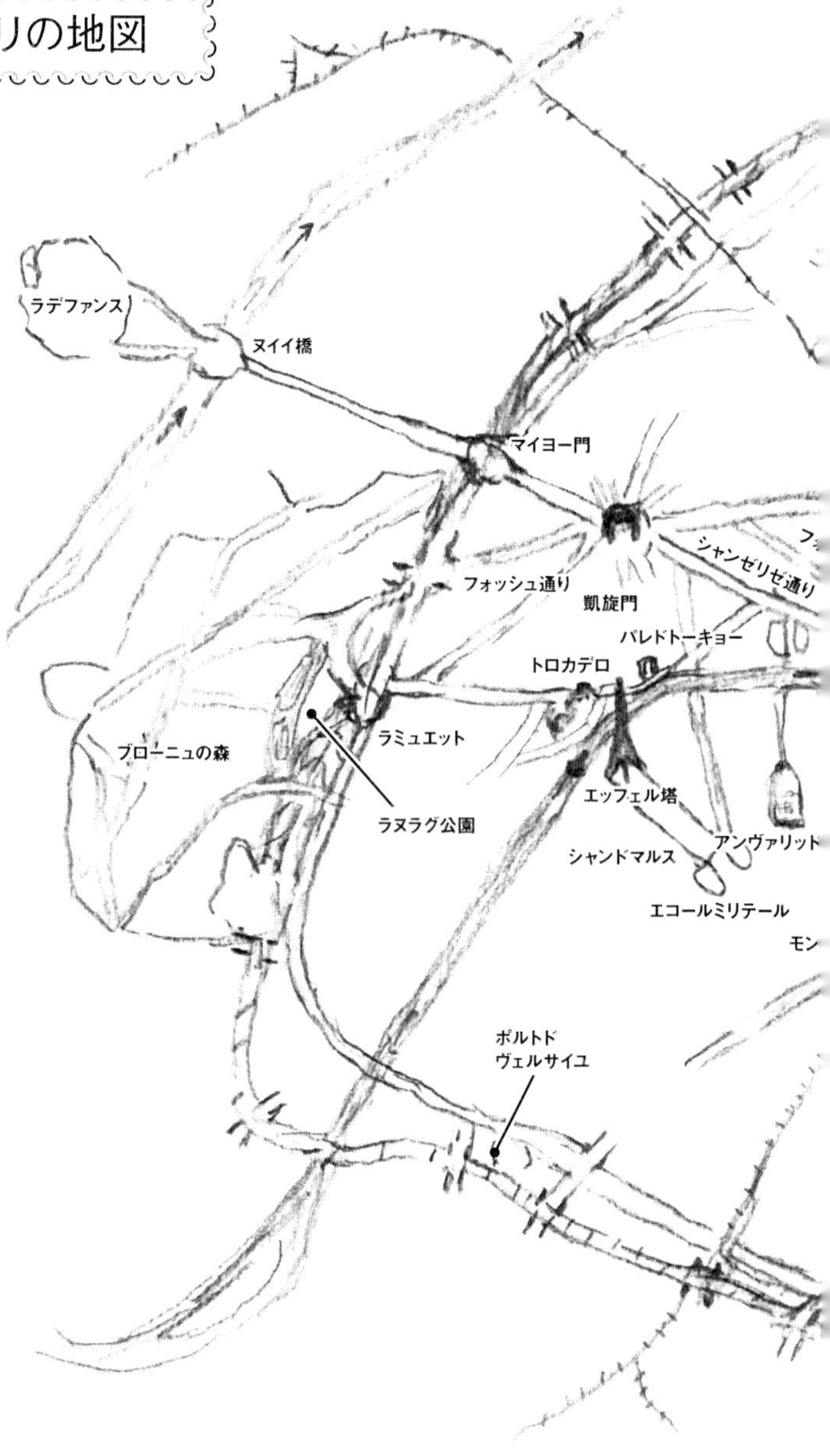

ラデファンス
ヌイイ橋
マイヨー門
シャンゼリゼ通り
フォッシュ通り
凱旋門
パレドトーキョー
トロカデロ
ラミュエット
ブローニュの森
ラヌラグ公園
エッフェル塔
アンヴァリット
シャンドマルス
エコールミリテール
ポルトド
ヴェルサイユ

おわりに

パリを中心にフランスで過ごしたのは70年代から90年代の合計六年間、独身、家族四人、そして夫婦二人が中心と、変化のある生活をした。その間、フランスやヨーロッパ、そして日本は変化してきた。勤務した日本輸出入銀行はその後名称が国際協力銀行になり、海外駐在員の仕事や生活も昔とずいぶん変わったようだ。

学生時代にフランス語やフランスの社会と文化を学び、その後仕事の世界でもフランスの政府・企業との関わりを持ち、日仏交流活動にも携わってきた。フランスを深く研究したわけではないが、パリでの生活や仕事、読書などを通じて経験し、感じたことを文章にしてみた。

仕事のことはあまり書かず、個人的に印象が深く、学ぶことの多かった家族での滞在時のことをかなり書いたが、フランスという魅力ある、多様性に富んだ国をある程度素描できたであろうか。

マルタン・ドュ・ガール『チボー家の人々』で知った、第一次大戦前夜のヨーロッパでの平和運動など、ヒューマニズム、理想主義についてはあまり言及できなかった。

文章は主に2022年の秋とこの冬に書き、その間にデッサンを少し習い、挿絵は拙いながら自らのものを使用した。カバーと扉一葉は亡き妻佳子の銅版画を使った。

フランス語や事実関係の確認にあたっては多くの知人・友人に協力いただいた。深く感謝を申し上げる。前書『「学び」を旅する』に引き続き、お世話になった西田書店日高徳迪氏にも厚く御礼を申し上げたい。

2024年2月

久米五郎太

著者略歴
久米五郎太（くめ　ごろうた）
1945年3月生まれ。
東京大学教養学部教養学科卒。
日本輸出入銀行パリ首席駐在員、海外投資研究所副所長、検査部長、丸紅㈱機械総括部担当部長、電力インフラ部門長補佐兼船舶プラント部門長補佐、日揮㈱常勤監査役などを歴任（1967－2011年）。
日仏経済交流会（パリクラブ）会長代行（2007－09年）、会長（09－13年）。城西国際大学大学院非常勤講師・特任教授（欧州研究／2012－20年）。
著書:『フランス人の流儀』(共著、大修館書店)、『だれも置き去りにしない――フィリピンNGOのソーシャルビジネス』（監訳、文眞堂）、『「学び」を旅する』（西田書店）

パリ二十六景－私の単語帳

2024年4月20日初版第1刷発行

著　者――――久米五郎太《くめごろうた》

発行者――――柴田光陽

発行所――――株式会社西田書店
〒101-0051 東京都千代田区神田神保町2-10-31 IWビル4F
Tel 03-3261-4509　Fax 03-3262-4643
https://nishida-shoten.co.jp

組版――――株式会社エス・アイ・ピー

印刷・製本――錦明印刷株式会社

ISBN978-4-88866-692-3　C0092